好きこそ恋の絶対

いおかいつき

幻冬舎ルチル文庫

CONTENTS ✦目次✦

好きこそ恋の絶対

✦カバーデザイン＝渡邊淳子
✦ブックデザイン＝まるか工房

イラスト・奈良千春✦

好きこそ恋の絶対

1

諏訪内真二《すわうちしんじ》、刑事課への異動を命じる。

真二は受け取ったばかりの人事異動の辞令書を手に、深い溜息《ためいき》をついた。着慣れないスーツも、さらに真二の気を重くしている。

高校卒業後、すぐに警察官になり七年が経《た》つ。最初は交番勤務だった。その間、異動願を出し続けた甲斐《かい》あって、念願の交通機動隊に配属されたのは四年前のことだ。

そして、今日、新たに真二の刑事課への異動が決まった。移動や配置換えは警察官には珍しいことではない。刑事課は警察の花形ともいうべき職場で、配属を希望する警察官も多く、大抜擢《だいばってき》だと羨《うらや》ましがる同僚もいた。けれど、真二は素直に喜ぶことができなかった。辞令書を手渡す署長に、頑張りますと答えたものの、正直、気が重い。また溜息が真二の口をついて出てくる。

「何、不景気な面《つら》してんだ」

ふいに肩を叩《たた》かれた。

「後藤《ごとう》さん」

振り向いた真二の後ろに立っていたのは、交通機動隊での真二の先輩、後藤だった。これから出動なのか、後藤は黒の皮ツナギに白のラインがまぶしい制服に身を包み、白いヘルメットを小脇《こわき》に抱えている。

「おっ、正式な辞令が出たか」

後藤の目が、真二の手元の辞令書に注がれる。

「出ちゃいました」

真二は肩を落として答えた。

「デカイ図体《ずうたい》して情けない声を出してんじゃねえよ」

自分よりも十センチ近くも背の高い真二の背中を、後藤は思い切り叩いた。

一八五センチもある長身にがっちりとした肩幅。人目を引くほどの恵まれた体格に添えられた顔は、まだ少年ぽさが残っている。そんな真二が肩を落とす姿は、まるで大型犬が飼い主と引き離されて寂しがっているかのように見えて、後藤でなくとも構ってやろうという気にさせる。

「しょうがねえだろ。偶然とはいえ、刑事課の連中が追いかけてたホシをあげちまったんだから」

「でも、本当に偶然なんですよ」

それは先月のことだ。真二が高速を白バイでパトロールしていたとき、エンジントラブルで路肩に停まっている車を発見した。白バイを停め、車に近づいていった真二に対して、運転していた男は明らかに不自然な態度で応対した。問いただしてみると免許証は不携帯で、車は盗難車。ただちに応援を呼び本署に送ってみたところ、その男は殺人事件の容疑者として手配中の男だった。

「しかも二回目だ」

「前のときもたまたまです」

それよりさらに一ヶ月前、同じく真二が高速パトロール中に、スピード違反で捕まえた男の指紋が、空き巣の被害者宅に残されていた指紋と一致したことがあった。どちらも真二でなくとも、その場に居合わせれば警察官なら同じ対応をしたに違いない。たまたま真二がその場にいただけだ。

「だから、それもお前の運なんだろ」

「運がいいのかな」

自分ではそうは思えず、真二は軽く首を傾《かし》げる。

真二は趣味でも大型バイクを乗り回すほどのバイク好きで、白バイに乗りたいから警察に入ったぐらいだ。刑事課に配属されるということは、すなわち白バイに乗れなくなることを意味する。それが真二にとって幸運だとは、とても思えない。

「いいんだよ。あれから高速パトに行きたがる奴が増えてしょうがねえ」

「後藤さんは、これからどこに行くんですか?」

「俺か？」

後藤はニッと笑って、

「高速だよ」

真二に手を振って去っていった。

後藤が手柄をたてようと、高速に行ったのではないことぐらい、真二にもわかっている。落ち込んでいる真二への後藤なりの励《はげ》ましだ。後藤はそんなさりげない気配りをしてくれる、よき先輩だった。

「よし、頑張ろう」

真二は一人呟《つぶや》いて、刑事課へと続く廊下を歩き出した。

後藤だけでなく、機動隊のみんなが真二を励まし、頑張ってこいと送り出してくれたことを思い出す。いつまでも落ち込んでなどいられない。

真二のいる横浜中署《よこはまなか》は、県内では本部に次ぐ規模の所轄《しょかつ》だ。署員も多く、建物もそれに比例して大きい。真二のいた交通機動隊は、一階の一番奥に位置し、刑事課は二階の反対奥になる。距離が離れているせいもあって、刑事課は今まで真二にとって、ほとんど未知の世界だった。知り合いすら一人もいない。

真二は過去に一度しか開けたことのない、刑事課のドアの前に立った。

「失礼しま……」

真二の声は、ドアの外にまで聞こえてきた、凛《りん》とした声に掻《か》き消された。

「何度も同じことを言わせないでください」

その声は真二の耳に心地よく響く。真二は声に引き寄せられるように、刑事課のドアを静かに開けた。

「こんな証拠不充分な状態で逮捕状は出せないと、確か、前回も言ったはずですが」

真二からは背中しか見えない声の主は、なおも厳しい口調で言い募る。細身の体をスーツで包み、背筋をまっすぐに伸ばして立つ後ろ姿は、凛とした声によく似合っていた。

「状況証拠じゃ、完全にクロですよ」

答えたのは部屋の中央にいた、いかにも刑事といった風体《ふうてい》の四十代の男だった。

「それでは、村川《むらかわ》さんは状況証拠だけで容疑者が有罪だと立証できますか？　裁判官に有罪だと認めさせることができると？」

「裁判は検事さんの仕事でしょう」

村川と呼ばれた刑事は、嫌みっぽい笑みを浮かべる。

「そうです、私の仕事です。その私が言ってるんです。これじゃ、裁判にすら持っていけない。捜査をやり直してください」

検事には村川の嫌みは全く通じない。村川の顔から笑みが消えた。

「我々の捜査が間違ってるって言うんですか？」

「見込み捜査が冤罪《えんざい》を生むことは、私が言うまでもなくご存じかと思いますが」

声を荒げる村川や、気色《けしき》ばむ他の刑事たちとは対照的に、検事の声は終始、冷静だった。くせ者揃《ぞろ》いの刑事たちを相手に、一歩も引かない検事の後ろ姿に真二は見とれてしまう。

「とにかく、逮捕状は物的証拠があがってからです」

検事は用は終わったとばかりに、反論を受けつけない態度で刑事たちに背を向けた。当然、視線はドアのところに突っ立ったままの真二とぶつかる。

目と目が合い、真二は今度はその容姿に見とれた。

検事は声を裏切らない容姿をしていた。背は真二よりも十センチほど低いが、一般的には高い部類に入るだろう。真二と違い、スラリとしてバランスのいい体型をしている。柔らかそうな栗色の髪は、前髪を軽く後ろに流し、すっきりとした印象を与え、その顔は知的さを醸《かも》し出す切れ長の目に、通った鼻筋と薄い唇がバランスよく配置されている。芸能人でもないのに、芸能人以上に整った容姿に、真二は言葉もなく、ただ見つめるだけだった。

「君は？」

ドアを塞《ふさ》ぐように立っていた真二に、検事の方から問いかけてきた。

「あ、今日から刑事課に配属になった、諏訪内真二巡査です」

真二は慌《あわ》てて背筋を正し、直立不動で答える。

「そうでしたか。私は横浜地検検事の高城《たかぎ》です。こっちは補佐官の新藤《しんどう》です」

高城の言葉で、真二はようやく高城が一人ではなかったことに気付いた。新藤と呼ばれた、スーツ姿の四十代くらいの男が、真二に向かって軽く頭を下げる。

「こちらには度々《たびたび》顔を出すことになると思いますが」

「よろしくお願いします」

高城の言葉を遮って、真二は勢いよく頭を下げた。

真二が顔を上げると、高城は一瞬だけ呆気《あっけ》にとられたような顔を見せたが、すぐに険しい表情に戻る。

「それでは、私たちはこれで失礼します」

初対面なのに、高城がもう帰ってしまうことをなんとなく寂しく思いながら、真二がなおも高城を見つめていると、

「申し訳ありませんが、道を開けてもらえますか」

ドアを塞いで動かない真二を高城が促《うなが》す。

「あ、すみません」

真二は慌てて脇に避《よ》け、高城たちのためにドアを開けた。

「では、また」

高城と補佐官は、通り過ぎざま真二に小さく会釈《えしゃく》をして、刑事課を出て行く。規則正しい足音を響かせながら廊下を歩く、その後ろ姿に、真二はまた目を奪われる。

「おい、新人」

呼びかけたのは村川だった。

「は、はい」

村川の声に真二は我に返って、慌てて村川の元に駆け寄る。

「俺らよりも検事への挨拶《あいさつ》が先ってのはどういうことだ？」

「すみません。つい迫力に押されました」

正直に申告した真二に、村川だけでなく他の刑事たちも笑い出す。

「刑事《デカ》がそんなことでどうすんだよ」

「そっか。俺、刑事になったんだ」

刑事という言葉の響きが、真二にはどこか現実味がなかった。そして、真二はまた素直にそれを口にする。

「なんかドラマみたいですね。刑事課とか刑事とか」

今度は爆笑が起こった。

「そりゃいいな。もっとも、テレビみたいにカッコイイのは揃ってねえけどな」

「そうですね」

思わず素直に頷《うなず》いて、真二は村川に軽く頭を叩かれる。

「正直すぎだ」

「あ、でもさっきの検事さんは俳優みたいでした」

真二がそう言うと、村川は見るからに苦々しい表情になった。

「いくら見てくれがよくたってな、見てくれで仕事するわけじゃねえんだ。ああも堅物で頑固だと話にならねえ」

「馴《な》れ合いじゃないけど、持ちつ持たれつの関係ってのがあるんだよ、警察と検察には」

真二がまだ名前も聞いていない、他の刑事が村川の言葉をフォローするように続ける。

「嫌でも付き合ってかなきゃなんねえんだから」

フォローを台無しにして、さらに村川が毒づく。

「それをあの石頭」

「仲、悪いんですか？」

真二はなんの邪気もなく尋ねる。

「いいように見えたか？」

「いえ」

真二は首を横に振る。

「そういうこった」

「なんかいろいろあるんですね」

素直な感想を漏《も》らした真二に、

「殺人犯捕まえたっていうから、どんな切れ者が来るのかと思ってたら、ずいぶんとボーッとした兄ちゃんだな」

村川が呆《あき》れたように言った。

「はあ、すみません」

「まあ、でも体力だけはありそうだ」

「はい、それだけは自信あります」

「それだけかよ」

笑う村川から、高城に対するときのような棘《とげ》は欠片《かけら》も感じられなかった。それどころか、刑事課初出勤の真二の緊張もほぐしてくれる。相手が変われば態度も変わるのはよくあることだが、真二に関しては、特に真二のキャラクターによるところが大きい。

真二は生まれてから今日まで、人に嫌われるとか憎まれるといったこととは、およそ無縁で過ごしてきた。よく見ればいい男の部類に入りそうな、あっさりとした顔立ちも、笑っていることが多いせいか、細い目はさらに細くなり、お人好《よ》しそうな印象の方が先に立つ。見た目だけではない。真二はその顔に見合った性格でもあった。争いごとを好まず、人と競うこともしない。相手が誰であれ、一緒にいる間は楽しい時間を過ごしたいし、過ごしてもらいたいと本気で思っているぐらいだ。そして、それは思っていることがそのまま顔に出る性格のため、すぐに相手にも伝わり、自然と相手の態度を柔らかくしていた。

「だったら、その体力を生かして、裏付け証拠を見つけてきてくれ」

「どんな事件なんですか？」

着任早々、刑事課では何か事件を抱えているらしいと知り、真二は尋ねた。

「連続強盗犯の捜査だ」

答えたのは村川ではなく、真二の後ろから入ってきた男だった。

「諏訪内真二か？」

「はい」

「俺は刑事課長の西越《にしごえ》だ。早速《さっそく》だが、お前にも今日から捜査に加わってもらう。荷物はその空《あ》いた席にでも置いておけ」

「は、はい」

真二は手にしていた紙袋を、西越が指さした机に慌てて載せた。

「村川」

西越が村川を呼ぶ。

「外で高城検事に会った」

高城の帰った時間と西越が現れた時間を考えれば、署の中で顔を合わせるぐらいのタイミングだ。西越としては高城に会いたくなかったのか、高城の名前を出したとき、眉間《みけん》に深い皺《しわ》が寄った。

「嫌みの一つも言われました？」

西越の表情から、村川が尋ねる。

「捜査に予断と偏見は禁物だそうだ」

「言われなくても」

「そうですよ。俺たちが何年刑事やってると思ってんだ」

刑事たちの間から口々に高城への不満がわき出す。真二は一人、その一致団結した雰囲気の中に入れず、遠巻きにやりとりを眺めていた。

真二は今日が刑事になった初日だ。その真二にしてみれば、みんなが何故《なぜ》そこまで高城に反感を持つのかわからない。高城の言ったことは全て正論に思えるし、刑事たちもそれはわかっているように見える。同じ考えならいがみ合うこともないだろうと思うのだが、真二にそれを口に出すだけの度胸はなく、できるのは静かに話を聞くだけだ。

「検事に文句を言われないだけの証拠を集められない、俺たちにも問題はある」

西越が改めて険しい顔で言った。

「課長」

「だから、文句なしの物証を見つけるんだ」

「わかりました」

刑事たちの目の色が変わる。

そのとき、部屋のドアが開いた。

「課長、新たな目撃者が出ました」

入ってきたのは真二とさほど年の変わらない刑事だ。古内《ふるうち》という名前だと、後で自己紹介されて知った。

「バイクショップの店員が、逃げていくバイクを見ていたそうです。証言からバイクの車種がわかりました」

そう言いながら古内は、壁に沿って置いてあるホワイトボードに近づく。

「H社が二〇〇〇年に発売した型で」

古内は写真をホワイトボードに貼りつけ、その下に型番を書き込んだ。

「所有台数は横浜市内では五十六台ですが、神奈川《かながわ》全域に広げると三百台近いです」

「市内に絞っていいだろう。犯人は土地勘のある人間だ」

写真から目を離さずに西越が言った。

「水戸《みと》のバイクとは一致しませんね」

村川の声には若干《じゃっかん》の落胆の響きが感じられる。

今回の事件の容疑者としてあげられたのは、窃盗の前科のある水戸晴雄《はるお》だった。今までに得られた目撃証言では車種までわからなかった。車と違い、バイクの場合は、車体に記されたメーカー名も読み取りにくく、詳しい者でないと車体の形ですら形容しづらい。目撃されているにもかかわらず情報の少ない中、水戸所有のバイクと色が似ていることだけがわかり、水戸を参考人として呼んだ。だが、車種が違うとなると容疑も薄くなる。

「水戸がバイクを借りた、もしくは盗んだという線も考えられるが、まずは手分けして市内の五十六台の所有者に当たってくれ」

「はい」

気合いの入った刑事たちの声が西越に答える。高城への反感からではない。誰しも犯人を捕まえたい気持ちは同じだ。

所有者リストが配られ始めた。

「村川、諏訪内についてやってくれ」

西越は村川に向かってそう言うと、

「諏訪内は村川を見て、刑事とは何かを覚えろ。刑事は教えてもらってなれるもんじゃない。体で覚えてなるもんだ」

同じ警察でも、課によって職務内容は大きく違ってくる。真二にとって『刑事』とは、本当にテレビの中の話でしかなかった。

「わかりました」

気を引き締めて真二は頷く。

「割り当て決めるぞ」

村川の声に、刑事たちがその周りに集まった。

「各組、だいたい十人ってとこだ」

村川がリストを見ながら他の刑事たちと打ち合わせをし、それぞれが割り当てられた名前に印を付ける。真二は一歩後ろからその様子を見ていた。

「よし、とっとと片づけてこい」

村川の号令で、刑事たちが勢いよく部屋を飛び出していった。今、追える手がかりはこのバイクしかない。

「諏訪内、付いてこい」

「は、はい」

なんの説明もなしに村川が歩き出す。真二は慌ててその後を追った。

「俺たちの割り当てはその十人だ」

村川は歩きながら、印を付けたリストを真二に突きつける。

「全員の住所、わかるな？」

真二は急いでリストに目を通し、住所を確認する。元は交通機動隊だ。地理に関しては刑事課の誰よりも詳しい自信がある。

「大丈夫です」

「なら、運転はお前に任せる」

「はい」

刑事課に配属になって、初めて任された仕事になる。真二は真剣な顔になり、もう一度、リストを見つめた。

このリストに記されている順番通りに回ったのでは、方向がバラバラで時間のロスが多くなる。最も効率のいい周り方を、真二は頭の中で組み立てる。

真二は警察官になった動機が動機なだけに、自ら積極的に仕事をするタイプではないが、与えられた仕事は、事の大小にかかわらず全力で向き合ってきた。真二には知らされていないが、刑事課への異動は、偶然の逮捕だけでなく、その勤務態度も評価されてのことだった。村川もそれを知っていて、真剣な顔の真二を微笑《ほほえ》ましく見つめていることに、真二は全く気付いていない。

「先に、この四人目の所有者のところから回りたいんですが」

ようやくコースを決め、真二が顔を上げたときには、既《すで》に署の正面玄関を出たところだった。

「どこから回るかはお前に任せるが、車はあっちだ」

そのまま正門まで出て行きかねない真二を、村川が言葉で引き留める。

「すみません、つい癖《くせ》で」

覆面《ふくめん》パトカーの駐車スペースに向かって歩きながら、真二は照れたように頭を掻く。

「癖？」

「白バイは裏に停めてあるんで、裏門から出てたんです。正面玄関から出るときは帰るときだけだから」

「なるほどな。てことは覆面は初めてか？」

「初めてです」

真二は頷いて答える。

「それじゃ、まずは刑事に慣れる前に、覆面に慣れてもらうか」

村川が一台の覆面パトカーのボンネットを叩いた。真二が運転する車だ。これからは白バイではなく、この覆面パトカーが真二の足になる。

「よろしく頼むな」

真二は小声で呟いて、初めての覆面パトカーに乗り込んだ。


「残ったのは二人だけか」

西越がホワイトボードを叩いた。

バイクの車種がわかったその日の午後には、五十六台中、五十四台の所有者がシロだと判明した。

最初に捜査結果を持ち帰ったのは、真二たちだった。真二のコース選択と、ベテランの村川の経験が、捜査をスムーズに進めた要因だ。

刑事たちの捜査の結果、五十四人には、それぞれ目撃証言と背格好が違っていたり、明確なアリバイがあったりと、シロだと判断する根拠があった。

「一人は中村春夫《なかむらはるお》、三十二歳」

残りの二人の内、一人の名前を田坂《たさか》という刑事が読み上げた。ホワイトボードには中村の写真が貼られている。

「中村は購入時に届け出た住所からは引っ越していました。転居先は不明。引き続き、捜査中です」

田坂が報告し終えると、次に近藤《こんどう》という刑事が、

「もう一人は橋詰琢磨《はしづめたくま》、二十一歳。先月まで横須賀《よこすか》のクラブで働いてましたが、突然、顔を出さなくなったそうです」

そう言ってホワイトボードに橋詰の写真を貼りつける。

「届け出の住所から引っ越しはしていませんが、隣の住人によると、このところアパートには寄りついていないようです。アパートの駐車場にはバイクはありませんでした」

真二はその写真に釘づけになった。

橋詰は真二が交通機動隊に配属されたばかりの頃に知り合った、暴走族の一人だった。そ

の頃、橋詰はまだ十代で、バイク好きの少年が間違えて暴走族に入ってしまったのかと思うほど、橋詰にはすれたところも斜《しゃ》に構えたところもなかった。だから、真二も柄にもない説教をした。他に居場所が見つけられるのなら、こんなところにいない方がいいと。その説教のせいではないのだろうが、結局、橋詰が暴走族にいたのは一年あまりで、その間、逮捕も補導もされたことはなかった。

「現在、友人関係をあたって橋詰の行方を捜しています」

近藤の報告は以上だった。

「わかった。引き続きその二人を追ってくれ」

西越が指示を出す。

「他の者はもう一度、一から関係者の洗い出しだ」

「はい」

真二が配属される以前にも行われていたことらしく、刑事たちはそれ以上の指示を待たずに、また部屋を飛び出していった。

真二は村川の隣で、村川の動向を見守る。

「これでどっちかが当たりなら早いんだがな」

真二の視線に気付いたのか、村川が呟くように言った。

「村川さんはこの二人がシロだと思ってるんですか？」

真二はその言葉の意味を尋ねた。

「連続強盗犯が自前のバイクを使うと思うか？」

逆に村川に問い返される。

「使いません、よね、やっぱり」

「一度だけの突発的な犯行ならわからなくもない。でもな、回数をこなせばそれだけ足が付くリスクが増える。どんな間抜けだってそれくらいのことはわかるはずだ。バイクなんてはっきりとした証拠を残して回ったりしねえだろ」

「そうですね」

言われてみれば確かにそうだと、真二もすぐに納得する。

「まあ、でも、だからと言って、その二台のバイクが無関係とは言いきれない。盗まれたってことも充分に考えられる」

「刑事って、考えることが大事なんですね」

真二は大きく溜息をつく。

「なんだ、自信なさげだな」

「体を動かすのは得意なんですけど」

情けない真二の声に、

「面白《おもしろ》いくらいに見た目を裏切らない奴だな」

村川が吹き出した。

「まあ、体で覚えて経験値を上げれば、刑事の考え方ってのがそのうち身に付くだろう。何も小難しい数式を解けって言ってるわけじゃねえんだ」

そう言って村川は立ち上がる。

「さてと、無駄話はここまでだ。俺たちの担当は二件目に襲われた、パチンコ景品交換所の関係者の洗い直しだ。事件発生当時にも、もちろん調べているが、今回はもっと範囲を広くしてみる」

真二も立ち上がり、もらった資料に目を通しながら、村川について歩く。

強盗が最初に襲ったのは消費者金融、二件目が今、村川が言ったパチンコ店の景品交換所、次が局員が三人しかいない特定郵便局。それらは一見、なんの繋《つな》がりもなさそうに思える。だが、犯人にはこの三軒を選んだ理由があるはずだ。それを見つけられれば、犯人に繋がる道が見える。

「この三軒って、割と近い距離にありますよね」

並んで歩きながら、真二は村川に確認を取る。

「全部、俺たちの管内だからな。ま、近いって言っても、歩いていける距離じゃねえけど」

「この三軒の近所に犯人が住んでる、なんてことは」

「とっくに調べてる。その上で浮かんだのが、前科のある水戸だったんだ」

水戸の名前に、村川が苦虫を嚙《か》み潰《つぶ》した顔になる。時間が経つにつれ、水戸が犯人である可能性が、どんどん薄くなっていった。現時点で、バイク所有者と水戸との接点は見つかっていない。

「あの石頭のおかげで、誤認逮捕せずに済んだってことか」

村川の険しい顔の理由は、そこにあった。不名誉な誤認逮捕をせずに済んだことは喜ばしいが、高城のおかげということになるのは嫌らしい。

真二はたった一度だけ、顔を合わせた高城を思い出す。頑固だとか石頭だとか、そんなふうには思えなかった。ただ、瞳の強さから、妥協や甘えを許さない、意志の強さのようなものは感じた。それは真二にはない強さだ。だから、余計に高城に見とれてしまったのかもしれないと、今になって思う。

「おい、何またぼけっとしてんだ」

村川に肩を叩かれる。

気付くとまた、真二は正門に向かって歩きかけていた。

「すみません」

慌てて覆面パトカーの方向に向きを変えて歩き出す。

「確かに、考えることも刑事の大事な仕事だがな」

村川が呆れた口調で言いながら、先を歩く。

「車に乗ってるときは気をつけてくれよ。お前と心中なんて冗談じゃねえぞ」

「それは大丈夫です」

真二は力強く断言した。

「何があっても、交通事故だけは起こさないっていうのは、交通機動隊の鉄則ですから」

「お前はもう、機動隊じゃねえけどな」

村川は何気なくそう言って、先に助手席に乗り込んだ。

もう機動隊じゃない。それはわかっているし、刑事課に配属になった以上は、精一杯頑張ろうと思っている。それでも、村川の言葉に寂しいと思ってしまう。

また高城を思い出した。村川たち相手に、一歩も引かない高城なら、こんなふうな感情に振り回されたりはしないだろう。

高城を見習ってみよう。とりあえず、できることからと、真二は背筋を伸ばしてみた。

2

真二の刑事としての勤務初日が終わろうとしていた。

朝から夕方過ぎまで、一度、署に戻った以外は、ずっと外で聞き込みに回っていた。刑事は足を使う仕事とはよく言ったもので、今日一日、ほとんど歩いて過ごしたと言っても言い過ぎではなかった。

「初日からご苦労だったな」

刑事課に戻った真二の肩を、西越が軽く叩く。

「歓迎会はこの事件が片づいてから盛大に開いてやる。今日のところは早く帰って休め」

「え、でも」

まだ帰ってきていない刑事も多かった。いくら新人だからと言って、そうですかとは帰りづらい。

「俺たちだってもうすぐ帰るさ」

「当直でもなければそうそう泊まり込んだりはしないよ」

新人の真二を気遣ってか、他の刑事たちも真二を帰らせようとする。その気遣いを無駄にするのは申し訳なかった。

「わかりました。それじゃ」

真二は帰り支度を始める。

「おう、帰れ帰れ」

そう言ったのは、トイレで席を外していた村川だった。

「新人扱いされるのも今日だけだ。明日からは遠慮なくこき使ってやるよ」

「これ、冗談じゃないから」

真二と一番年の近い古内が、小声で真二に耳打ちする。

「俺も刑事課に配属された初日だけは、なんて優しい先輩たちなんだろうと思ったけど、大間違い。翌日からは、飯食う時間ももらえなかったよ」

「ホントですか？」

「聞こえてるのに否定しないだろ？」

見ると、村川だけでなく他の刑事たちもニヤニヤ笑っている。警察の中でも特に、刑事課は万年人手不足の状態だ。新人の入るのを誰もが心待ちにしていた。

「えっと、早く帰ります」

真二はそう言って、同僚たちに頭を下げた。今日だけしか甘やかされる日がないのなら、素直に甘やかされておくことにした。

「お先に失礼します」

真二は部屋を出て、廊下で大きく息を吐いた。なんとか、初めての刑事課勤務を終えることができた。

すれ違う署員と挨拶を交わしながら、真二は駐車場に向かう。

今日からバイクで通勤だ。交通機動隊にいた頃は、白バイ隊員がバイクで事故でも起こしたら洒落《しゃれ》にならないと、プライベートでバイクに乗ることを、禁止ではないが自粛を要請されていた。交通機動隊での勤務最後の昨日、そのバイクを数年ぶりに預けていたバイクショップから引き取ってきたばかりだった。

駐車場に停めてある、真二の大型バイクが見えてきた。二十歳《はたち》のときに買ったバイクだが、乗れないでいる期間が長かったため、走行距離は少ない。

真二はそのバイクの横に立ち、数年前のことを思い出した。

いつか大型免許を取りたい。そう真二に熱く語ったのは、数時間前に写真で再会した橋詰だ。真二が知っている橋詰は、強盗どころか万引きすらできない少年だった。同じチームの仲間に、そうからかわれているのを耳にしたことがあり、橋詰自身もそれを否定しなかった。暴走族をやめた後は、バイクを買うためにバイトに励んでいるらしいと、元仲間が真二に教えてくれた。

今日一日掛けて調べても、まだ橋詰の居所は摑《つか》めていない。もしかしたら、事件に巻き込まれているのではないか。刑事としてではなく、バイク仲間として、真二は橋詰のことが心配になってきた。

バイクに跨《またが》り、ヘルメットを被《かぶ》ったときには、真二はもう決心していた。

数年前の橋詰しか知らず、その当時の交友関係しかわからないが、そこからでも橋詰の居場所の手がかりが摑めるかもしれない。

真二はエンジンを掛けると、真二の住む警察の独身寮とは違う方向に、バイクを走らせ始めた。

すっかり暗くなった夜の街をバイクは走り抜ける。とはいっても、街中ではそれほどスピードを出すわけにはいかない。車だけでなく、歩道の歩行者にも目を配りながら走らなければならないからだ。そうしてバイクを走らせていた真二の視線が、歩道に見覚えのある後ろ姿に気付いた。まっすぐに伸びた背筋、それは、今日の朝、目を奪われたばかりの背中だった。

真二はバイクを車道の脇に停めて、

「高城検事」

ヘルメットを脱いで呼びかけた。

真二の声に振り返った高城は、見るからにしまったと言わんばかりの表情だった。真二はその顔の意味には全く気付かず、バイクを降り、笑顔で高城に近づいていく。

「高城検事も仕事帰りですか？」

真二の顔には邪気はない。それは高城にも伝わったのだろう。高城は呆れたような顔で、

「君はここがどこだか知らないのか？」

「ここって？」

真二は首を左右に巡らせる。

「ここは連続強盗犯が、最初に襲った消費者金融の真ん前だ」

高城はそう言って目の前のビルを指さした。そこには捜査資料で目にした社名の看板が上がっている。

「あ、ここだったんですか」

「わかってて来たんじゃないのか？」

真二の本心を探るように、高城が鋭い視線を真二に向ける。

「通りがかりで高城検事を見つけたので」

「ここが帰り道なのか？」

それは当然聞き返される質問だ。真二はうまく躱《かわ》すことなどできず、

「そうじゃないんですけど」

「けど、なんだ？」

口の重い真二を、高城が問いただす。

「ちょっと心配で」

「心配？」

「今日の捜査で知ってる奴が浮かんできたんです」

高城は部外者ではない。しかも、捜査状況を知らせてもおかしくない相手だ。

真二は橋詰のことを説明した。

「つまり、君はその橋詰って男が犯人だとは思っていないということか」

すぐに高城は真二の話を理解して先回りして言った。

「元暴走族ですけど、橋詰は本当にバイクが好きなだけだったんですよ。強盗をするなんて思えません」

「でも行方を捜そうとしてるんだろう？」

「変なことに巻き込まれてるんじゃないかと思って。気のいい奴だったから」

真二は橋詰の顔を思い出しながら言った。

「君に言われるとは相当なお人好しだったんだな」

「高城検事？」

問い返す真二に高城は答えない。代わりに今度は真二が高城に質問した。

「高城検事はここで何をしてたんですか？」

真二の問いかけに、高城にしては珍しく答えがすぐに返ってこなかった。真二はただ黙って高城を見つめ、答えを待つ。

「事件が起こった場所を、改めて見直してみようと思ったんだ。書類だけでは見えない何かが見えるかもしれないからな」

高城はまた視線を事件現場に向けた。真二も釣られてビルに目を遣《や》る。

被害にあった消費者金融は雑居ビルの一階にある。客のプライバシーを考えて、通りに面した窓やドアは、中が見えないようになっている。それも、目撃証言が少ない原因の一つだろうと、今の真二にわかるのはそれぐらいだった。

「高城検事はすごく仕事熱心なんですね」

真二の言葉に高城は呆れたような溜息をついた。

「君は刑事になったばかりだったな」

「そうですけど？」

「刑事ほど縄張り意識の強い職業はない。捜査は自分たちに任せろ、口を出すなと言わんばかりだ」

高城の検事としての経験から出た言葉なのだろう。警察は特に身内意識が強く、外部を受け入れないところがある。それは真二も認めざるを得ない。

さっきの高城の表情は、そういう理由かと真二もようやく納得した。

「それでも自分で調べようとしてたんですよね？」

「君たちがもっとまともな証拠を見つけ出してくれれば、自分で動こうとは思わなかったんだがな」

「すみません」

刑事課での厳しい態度の高城を思い出し、真二は小さくなって謝る。そんな真二の態度に、高城がフッと口元を緩《ゆる》めた。

「どうも調子が狂うな」

「すみません」

重ねて頭を下げる真二に、高城は堪《こら》えきれずといったふうに吹き出した。

「もういいから、顔を上げなさい」

高城の声は笑いを含んでいて、真二は驚いて顔を上げる。そこには初めて見る高城の笑顔があった。元々が整った顔立ちだ。険しい顔のときも立っているだけで絵になっていたが、笑顔になるとまた見ほれるほどに魅力的だった。

「君はこの事件のことをどこまで知っている？」

高城は真面目《まじめ》な顔になり、真二に尋ねた。

「だいたいのあらましは今日、先輩から聞きました」

「なら、水戸を容疑者とした警察側の意見も納得できるだろう？」

「はあ、まあ」

今日の朝、物的証拠がないと高城と刑事たちが揉《も》めていたことを思い出し、真二は曖昧《あいまい》な返事をする。しかも、バイクの車種がわかってからは、水戸の容疑は薄らいでいる。

「水戸には強盗の前科がある。一連の犯行現場近辺に土地勘もあり、借金もある。おまけにアリバイはない。目撃者の証言する背格好とも一致し、似た色のバイクにも乗っている。捜査本部が疑う理由は充分だ」

「でも、高城検事は疑ってなかったんですか？」

「人を疑うのが私の仕事ではない。罪を立証し、その罪に応じた罰を求刑することが私の仕事だ」

気負ったところもなく当然のことだと、高城は淡々と答える。その姿に、真二はただ感心するばかりだった。

「ともかく、容疑車両が判明したおかげで、水戸だけに拘《こだわ》る捜査方針が改善されたのはよかった」

真二に聞くまで、高城はその事実を知らなかった。検事への報告はどの段階でなされるのか、真二にはわからないが、判明した時点で知らせておけば、高城はここへ来ることはなかったのではないかと、申し訳ない気持ちになる。

だが、高城は慣れているのか、全く気にした様子はなく、それどころか、捜査に進展があったことを喜んでいるように見える。村川たちの言うように、ただの石頭なら、報告が遅いと怒り出してもおかしくはないはずだ。

「君はこれから、その橋詰という男のところに行くのか？」

「アパートにはいないって言うんで、昔、あいつらがよく入り浸《びた》ってた店に行ってみようかと思ってます」


真二がそう言うと、高城は少し考えた顔をして、

「もしよかったら私も連れて行ってもらえないか？」

「それは構わないんですけど」

真二は道路脇に停めた自分のバイクを振り返る。

「俺、バイクなんですよ」

「そうか。それじゃ、場所を教えてもらって、私は後からタクシーで」

言いかけた高城を真二は制する。

「ちょっと待っててください」

真二は目に映った通りがかりの青年の元に駆け寄った。

「すみません」

真二が声を掛けると、青年は何事かと足を止める。

「警察のものですが」

真二はライダースジャケットの胸ポケットから警察手帳を取り出し、中を開いて写真を見せた。

「そのヘルメットを貸してもらえませんか？」

真二が青年を呼び止めたのは、その手にヘルメットがあったからだった。

「急に言われても」

当然ながら、青年は困惑した様子を見せる。

「お願いします。今日中に必ず返しますから」

真二は頭を下げた。

「もしかして、あのバイク、刑事さんのですか？」

青年が指さした先には、真二の大型バイクが停まっている。

「そう、俺の。急に人を乗せることになって」

「俺もあのバイク、買おうかなって思ってるんですよ」

青年はそう言って笑う。

「どうぞ、使ってください」

手にしていたヘルメットを真二に差し出した。

「この店で十二時までバイトしてるんで、それまで好きに使ってもらっていいですよ」

青年は目の前のカラオケボックスを顔で示しながら、

「その代わり、今度、あのバイクに乗せてください」

「全然オッケー。いつでも言って」

通りすがりの初対面だが、ライダー同士、通じ合うものがある。こういうことは真二にとっては、珍しくはない。ツーリングで出かけた先で、知り合ったライダーと交流を図ったり、助け合ったりは日常的によくあることだった。

真二は高城のためのヘルメットを調達して、高城の元に駆け戻った。

「借りてきたのか？」

高城は呆気にとられている。高城には見ず知らずの他人から、気軽にヘルメットを借りてくるなど、到底考えられないのだろう。

「同じトコに行くのに、別にタクシーを使うのってもったいなくないですか？」

「確かにそうだが」

「使ってください」

借りてきたばかりのヘルメットを、真二は高城に差し出した。高城が真二とヘルメットを見比べる。

「バイクは苦手ですか？」

高城がすぐに受け取ってくれない理由を、真二なりに考えてみた。

「いや、使わせてもらうよ。ありがとう」

高城は小さく笑って、真二の手からヘルメットを受け取った。それから二人で真二のバイクに近づいていく。

「ずいぶんと大きなバイクなんだな」

真二の大型バイクに、高城が驚いたように言った。

高城が驚くのも無理はない。真二のバイクは排気量も１０００cc近く、駐車しようと思えば、軽自動車並みのスペースが必要になる。街でよく見かけるバイクとは、大きさが全く違う。

「大型には乗ったことないですか？」

「大型どころか、原付にも乗ったことはない」

「えっ」

今度は真二が驚いた。

高校生の頃からバイクは常に真二の隣にあった。子供の頃から四輪よりも二輪に興味があり、免許が取れる年になったらすぐに取ろうと、わざわざ免許取得を禁止していない高校を探したくらいだ。そんな真二のバイク歴も、十六で免許を取ってからもうすぐ丸十年になろうとしていた。

「それじゃ、今日が初体験ですね」

「そうなるな」

高城が笑いながら相づちを打つ。

「俺にしっかり摑まってくれてればいいですから」

真二は先にバイクに跨り、その後ろを高城に促す。高城はヘルメットを被ると、後部座席に跨った。

「行きますよ」

真二もヘルメットを被りエンジンを掛けた。高城の手が真二の腰に回る。華奢《きゃしゃ》に見える外見とは違って、真二の腰に回った手は力強かった。これなら初めてでも問題はなさそうだと、真二はアクセルを回した。

二人の乗ったバイクは、夜の横浜の街を駆け抜ける。

橋詰が当時通っていた店は伊勢佐木町《いせざきちょう》にある。制限速度を守っての運転でも、十分足らずで店に着いた。

真二は店の駐車場にバイクを停めた。当時と変わらず、駐車場は改造されたバイクや車で溢《あふ》れている。

「高城検事も中に？」

バイクを降りてから、真二は高城に尋ねた。

「そのつもりで来た。それより、検事と呼ぶのはやめてもらえないか。職業を宣伝しながら歩いてるようで落ち着かない」

「わかりました。じゃ、高城さん、ちょっと騒がしいとこですけど、付いてきてください」

真二は、防音のために重く作られたドアを開けた。途端に中から大音量の音楽が漏れ聞こえてくる。これでもまだ二重になったドアを一つ開けただけだ。

「これで話が聞けるのか？」

高城が真二の腕を引き、背伸びをして真二の耳元に口を寄せて問いかける。耳に触れる高城の息が真二をドキリとさせる。答えを返すのに同じようにするのは恐れ多い気がして、真二は両手で筒を作ると、

「知り合いがいたら外に連れ出します」

高城はわかったというふうに頷いた。

二人は一緒に店の中に入った。薄暗い照明、頭が痛くなるほどの大音量の音楽、視界を遮るのが目的かのような立ちこめる煙草《たばこ》の煙、どれをとっても当時と変わっていない。

柄の悪い連中が振り返り、店に不似合いな二人連れに不躾《ぶしつけ》な視線を寄越《よこ》す。中には真二だとわかると苦笑いを浮かべる者もいた。

「いました」

店の奥に、過去に橋詰と同じグループにいた宮本《みやもと》が座っていた。真二が高城にそれを知らせると、高城は真二の表情と口の動きでそれを理解して頷く。

真二が宮本の側《そば》に行くより早く、宮本の方が真二に気付いた。真二は手招きして宮本を呼ぶ。

宮本は真二が警官であることを知っている。だからだろう。下手《へた》に逆らわず宮本は黙って

真二たちの後について店を出た。

「久しぶりじゃねえの」

店の外に出てから、宮本は真二にそう言った。最後に会ったのは、もう二年も前だ。

「お前が俺の管轄《かんかつ》内にいないからだろ」

「警察の管轄なんか知るかよ」

宮本がため口で答える。宮本は既に暴走族を卒業しているが、現役の頃は真二と何度も顔を合わせている。暴走行為で署に連行したこともあった。それでもそれほど憎まれていないのは、やはり真二の人柄だろう。

「最近、橋詰に会ってないか？」

「ヅメ？」

宮本は橋詰の愛称を口にして首をひねる。

「一年、いや、二年以上会ってねえな」

「てことは、ここには来てないのか」

「あいつは族やめてから、ここには一度も来てねえよ」

宮本の言葉に、真二も頷くしかない。橋詰が暴走族に不似合いな、ただのバイク好きだというのは、真二自身が思っていたことで、すぐに暴走族をやめてしまった橋詰にとって、この店が魅力的だとは到底、思えない。

「他に橋詰が行きそうな場所を知らないか？」

「ヅメが何かしたのか？」

逆に宮本に問い返される。

「いや、あいつは何もしていない」

根拠はなく、ただ直感だけで真二は断言した。

「ならなんで捜してんだ？」

「行方がわからないと聞けば心配になるだろ」

真二は本心から答えた。率直な真二の人柄は、警官と暴走族という付き合いではあったものの、宮本にも伝わっていた。

「前に一回だけ、ヅメの幼なじみが働いてるって店に行ったことがある」

宮本はぶっきらぼうながら心当たりを口にした。

「どこだ？」

「外人墓地《がいじんぼち》の近くにある『パレス』ってレストラン」

「その幼なじみの名前は？」

「さあ」

宮本は首を傾げ、

「ユウって呼んでたような気はするけど、昔のことだ、はっきりとは覚えてねえよ」

「ありがとう。行ってみるよ」

「今も働いてるかどうか知らねえけどな」

宮本はそう言って店の中に戻っていった。

「諏訪内くん」

高城がようやく口を開いた。

「あ、すみません。何か聞きたいことがあったんじゃ」

「いや、私は別にないが、今からそのレストランに行くのか？」

「とりあえず行ってみましょう」

真二は高城も行くものと思い込んで、駐車場に向かって歩き出す。

「全く君は」

真二の背中に高城の独り言が微《かす》かに聞こえる。

「何か言いました？」

真二が振り返ると、高城はただ黙って首を横に振る。

再び、二人乗りで伊勢佐木町から外人墓地までバイクを走らせた。

レストランはすぐに見つかった。白い壁に緑の屋根がよく映え、イタリアの国旗を模した旗が揚がっている。真二はなんとなく、こぢんまりとした店を想像していたが、実際はそれより遙《はる》かに大きなレストランだった。

真二はそこの駐車場にバイクを停め、

「高城さん、夕飯、もう終わりました？」

バイクを降りた高城に尋ねる。

「まだだが」

「じゃ、ついでにここで食べていきましょう」

レストランから漏れてくる匂いが、真二に空腹を思い出させた。署にいれば何か腹に入れている時間で、仕事がなければコンビニにでも行っているぐらいだ。

「そうだな。私もちょうどお腹《なか》が空《す》いたと思っていたところだ」

高城がフッと笑う。

「気が合いますね、俺たち」

なんだか嬉《うれ》しくなって真二も笑い返す。

店の入り口の石畳を歩き、エントランスに向かった。

「いらっしゃいませ」

扉を開けると、すぐにウエイターが出迎えてくれる。

夕食時間を少し過ぎているせいか、待たされることなく席に案内された。

「なんか、すごいオシャレな店ですね」

席についてすぐ真二は小声で言った。こういった店に馴染《なじ》みがなく、どうも落ち着かない。

周りの客を見回してみても、自分だけが浮いているような気がする。

「横浜はこういう洒落た店が多いってイメージがあるが」

「かもしれないですけど、俺はあんまり」

真二が言葉を続けようとしたとき、ウエイトレスが近づいてきた。水とお絞りをテーブルに載せ、メニューを真二と高城に手渡す。

「お決まりになりましたらお呼びください」

ウエイトレスが立ち去ってから、真二はテーブルに身を乗り出した。

「あんまり高くなくて助かりましたね」

高城に顔を近づけて言った。

店に入るときは何も考えていなかったが、店内の洒落た様子や、他のテーブルにつく客層に、急に値段のことが気になり出した。財布の中には一万円札一枚が、かろうじて入っているだけ。メニューを見るまでは、最悪の場合、初対面の高城に金を借りなければならないのではと心配していた。

「そうだな」

高城も笑いながら同意してくれる。

「あ、でも、検事さんは高給取りなんですよね」

「公務員の中では高給の部類に入ると思うが、無駄に使うのは好きじゃない」

「なんか、ぽいです」

「ぽい？」

高城が言葉の意味を問い返す。

「高城さんらしいです」

「君とは今日が初対面だが」

「そうですけど、じゃ、言い方を変えます。俺が受けた印象通りの人だなって。真面目で誠実で、人にも厳しいけど自分にはもっと厳しそうな感じがしました」

真二には褒《ほ》めたつもりも、もちろん貶《けな》したつもりも全くなく、ただ素直に感想を口にすると、高城が困ったように笑う。

「高城さんは何にします？」

なんだか自分が高城を困らせたようで、真二はすぐにメニューに視線を戻した。

「私はこのAコースにしよう」

高城がメニューで指し示したのは、夜のコース料理では一番安いものだった。それでも、いつも真二が食べているような定食屋の値段の何倍にもなるが、所持金で充分にお釣りが返ってくる。

もしかしたら、高城は真二を気遣ってこのコースにしてくれたのだろうか。真二は窺《うかが》うように高城を見た。

「なんだ？」

すぐに真二の視線に気付いて高城が尋ねてくる。

「いえ、偶然だなって。俺もそれにしようと思ってました」

真二はウエイトレスを呼び、一番安いコースを二人分頼んだ。

ウエイトレスが一礼して立ち去ってから、

「さっき公務員の中ではって言ってましたけど、やっぱり、弁護士の方が儲《もう》かるんですか？」

「やっぱりかどうかはさておき、より儲けたいと思うのなら弁護士になった方がいいだろうな。上限はないんだ。自分次第で収入は増やせる」

真二には検事や弁護士の友人も知人もおらず、高城の話は興味深かった。

「高城さんはどうして検事になったんですか？　司法試験に受かったらどっちにでもなれるんですよね？」

疑問に感じたことはなんでもすぐに口にする。それは真二の長所でもあり短所なところだ。

高城は一瞬、驚いた顔になったが、それでも、

「法曹関係に進むと決めたときに、初めて裁判の傍聴に行ったんだ。君は傍聴に行ったことは？」

「ありません」

「機会があれば行ってみるといい。私はそれで検事になろうと決めた」

「どんな裁判だったんですか？」

高城に決意をさせた裁判がどんなものだったのか、真二は興味を持った。

「強盗殺人だ。被害者は身寄りのないお年寄りの女性で、僅《わず》かばかりの貯金を狙《ねら》われて殺された」

食事中にふさわしい会話ではないが、幸いなことに料理はまだ運ばれてこない。真二は真剣な顔で高城の話に耳を傾ける。

「判決は？」

「懲役十二年の実刑判決が出た。犯人はまだ刑務所の中にいる」

「じゃ、結果次第では弁護士になってたかも？」

「いや」

高城は首を横に振る。

「身寄りのない人間が殺された場合、その被害者のために戦えるのは検察官しかいない。生きていれば、時間は掛かったとしても、まだ自分で戦うことができる。だが、命を落としてしまったら、もう何も言えないんだ。検察官だけが、その無念を代弁することができる。あの裁判のとき、私はそれを実感した」

その涼しげな外見とは裏腹に、高城の内側は熱い正義感に溢れていた。そんな高城だからこそ、捜査に納得できなければ、自ら足を運ぶことも厭《いと》わないのだろう。

「なんか自分が恥ずかしくなってきました」

高城と比べると、部署の異動で落ち込んでいた自分が、ひどく小さく思えてくる。真二はそんな気持ちを素直に打ち明けた。

「どうしてだ？」

「俺はただ白バイに乗りたくて警察官になったんです」

「バイクが好きだから？」

「白バイが先です。白バイが好きだから、バイクが好きになったんです」

「珍しいな。きっかけは？」

職業柄か、高城は聞き上手だった。それほど口のうまくない真二に、話しやすいように話の先を促してくれる。

「高城さん、箱根《はこね》駅伝って知ってます？」

「正月に開催されている、大学生の駅伝大会のことだろう？　確か、東京箱根間を二日に掛けて往復するんだったな」

箱根駅伝は毎年一月の二日三日にテレビ中継され、全国ネットで放送される。日本一、認知度の高い駅伝レースだと言っても言い過ぎではない。

「俺の実家、そのコース沿いにあるんですよ。小さいときから、それこそ記憶にないぐらいのときから、正月は毎年、沿道に出て家族で旗を振ってました」

真二の生まれ育った街では、箱根駅伝は最高のお祭りで、欠かすことのできない正月行事の一つだった。親類縁者はもちろん、知人すら誰一人走っていなくても、街をあげてレースを応援する。真二たち一家もそれは同じだった。

「みんなが走者を見ている中、俺の目は先導する白バイに釘付けでした。子供心にすごくかっこよく見えたんです。大きくなったら、白バイに乗って箱根駅伝を先導するんだって、小学生のときに作文に書いたこともあります」

「それで、夢は叶《かな》ったのか？　白バイに乗ってたんだろう？」

「そこまで運はよくなかったみたいです」

真二が交通機動隊にいたのは四年、つまりチャンスは四回あった。けれど、

「駅伝の先導者は、神奈川県下の交通機動隊の中から選ばれることになってるんです。それ以上の決まりは特になくて、駅伝開催日に勤務していれば、選ばれる可能性はあったんですけど」

先導者の発表の日は、朝から緊張して食事も喉《のど》を通らなかった。あのときの気持ちを思い出し切なくなる。

「毎年、それを狙って正月勤務してたんですけど、結局、一度も選ばれませんでした」

「異動がまたあるかもしれないんだ。まだ諦《あきら》めることもないんじゃないのか」

真二の不純な動機を、高城は笑うことも軽蔑《けいべつ》することもなく、それどころか励まそうとさえしてくれている。

「でも、俺みたいな動機で警察官になってよかったんでしょうか。俺の年の警察官の採用倍率が結構高かったって後で知ったんです。もっと真面目な動機で警察官を目指してた人がいたかもしれないのに」

「それじゃ、君は白バイに乗れないからと言って、職務を放棄しているのか？」

「そんなことないです」

真二はそれだけはないときっぱりと否定する。

「なら問題ない。動機がなんであれ、今、職務を全《まっと》うしていることが大事なんだ」

高城は真二を諭《さと》すように言った。堅物だとか融通がきかないだとか、刑事課では非難されているが、それは仕事に対する厳格さによるもので、人としての高城には初対面の真二にさえ気遣いを見せてくれる思いやりがある。

今日初めて会った高城に、真二は尊敬の念を抱き始める。

「きりのいいところで食事にしよう」

高城が真二の後ろに目を遣り、

「ちょうど料理も来たことだし」

その言葉通り、ウエイトレスが近づいてきて、テーブルの上にスープの入った皿を置いていく。

「そうか、コースってこういうもんなんですよね」

レストランより居酒屋、クラブよりも立ち飲み屋、という真二にとって、コース料理は未知の世界だ。並んだナイフやフォークの使い方もわからない。

「居心地が悪いみたいだな」

真二のぎこちない様子に気付いた高城が、料理を食べる手を止めて声を掛けた。

「実は、こういうところにほとんど来たことなくて」

「食べ方がわからないか？」

「はい」

真二は素直に頷く。

「それじゃ、私を見て同じようにすればいい。スプーンやフォークは外側のものから使うんだ」

言われるまま、真二は皿から見て、一番外側に置かれたスプーンを手に取る。そこからは、高城の言葉に甘えて、じっと高城の手の動きを見つめた。

こういった店に慣れているのか、高城の動きは淀《よど》みない。スプーンを握った細くて長い指が、優雅な動きでスープを口に運ぶ。それが二度繰り返されて止まった。

「参ったな。そこまで凝視しなくてもいいんじゃないか」

高城が本当に困ったように言った。

「あ、すみません」

「使い方だけわかればいいんだから」

高城の言うとおり、使い方だけを見るつもりだったのが、気付けばその動きに見とれていた。初対面のときから、高城の動作にはつい目を奪われてしまう。

それからは皿が変わるときだけ、チラッと様子を窺い、食事を進めた。煩《うるさ》すぎないように気をつけながら、それでも食事は楽しくをモットーの真二は、高城との会話を求めて言葉を投げかける。それに高城も自然な答えを返してくれる。高城との食事は、真二にとってはとても楽しい時間になった。

「味はわかったのか？」

最後の皿が下げられてから、高城が尋ねてくる。

「はい、美味《おい》しかったです」

「ならよかった」

高城がフッと笑う。

「食後のコーヒーをお持ちしました」

ウエイトレスがコーヒーを二人の前に置く。

「あ、君、ユウくん、いるかな？」

何気なく高城が尋ねる。

ウエイトレスはここで初めて高城の顔に気付いた。その整った容姿は、女性の目を奪うには充分だ。ウエイトレスは高城に見とれ、一瞬、言葉を忘れた。それから、我に返り、

「雄大《ゆうだい》くんのことですか？」

逆に問い返してきた。

ユウと聞いてすぐに名前が出たことと、二十歳そこそこにしか見えないウエイトレスが、雄大くんと親しげに呼ぶことから、年の近さも感じられる。橋詰と同級生ならユウは二十一歳だ。まず雄大で間違いないだろう。

「そう。ちょっと呼んでもらってもいいかな」

「少々お待ちください」

ウエイトレスがにこやかな笑みを浮かべて立ち去る。

「そうか、橋詰のことで来たんだった」

真二は呟く。高城が雄大のことを言い出すまで、なんの目的でこの店に来たのかをすっかり忘れていた。

「他にどんな用があるんだ」

「高城さんと食事に来たのかなって」

「私と食事をしても楽しくないだろう」

「楽しいです。もしかして、高城さんは楽しくなかったですか?」

自分一人が舞い上がっていたのかと思い、真二は情けない顔になる。

「そんなことはないが」

高城が困ったように答えたとき、白い厨房《ちゅうぼう》着を着た青年が、二人の座るテーブルに近づいてきた。

「あの、中西《なかにし》ですけど」

「ユウくん?」

高城が確認するように呼びかける。

「はい」

客が呼んでいると言われてきてみれば、全く面識のない二人組で、さらには愛称で呼ばれて、雄大は訝《いぶか》しそうな顔をしている。

「橋詰のことで聞きたいことがあるんだ」

真二はストレートに切り出した。

「ヅメのこと?」

すぐに愛称が出た。ユウは雄大で間違いなかった。

「何時に終わる? それまで近くで待ってるから」

仕事中の雄大に、しかも店の中で長話などさせるわけにはいかない。真二が気遣って尋ね

ると、

「十一時に上がりますけど」

まだ九時前、あと二時間近くもあることを雄大は気にしているようだった。

「少しなら抜けられるんで、外で待っててください。すぐ行きます」

「わかった」

雄大が立ち去ってから、

「ここは私が払っておこう」

高城が伝票を持って立ち上がった。

「そんなわけにはいきません」

真二は奪い返そうとするが、

「私がここまで来るタクシー代に比べたら安いものだ。それに、君は幾つだ？」

「二十五です」

「私は二十九歳だ。おとなしく年上に花を持たせなさい」

高城はこれ以上の反論は聞かないと、先にレジに向かって歩き出した。真二はその後を追うも、財布でも出して見せたら、高城に怒られそうで、ただ黙ってついて歩いた。

高城が会計を済ませている間、真後ろに立っているのも不作法だと思い、先に店の外に出た。そして、高城がドアに手を掛ける前に、外からドアを開けて高城を促す。

「ありがとうございました。ご馳走様《ちそう》です」

真二は深々と頭を下げた。

「どういたしまして」

笑う高城の声に真二は頭を上げた。

「君は体も大きいが、動作も大きくて面白いな」

「そうですか？」

真二は自覚がなくて首を傾げる。

「お待たせしました」

裏口から出てきた雄大が、二人に駆け寄ってくる。

「悪かったな。時間を取らせて」

「いえ」

真二と高城は、店の駐車場で雄大と向かい合った。

「横浜地検の高城です」

先に高城が名乗り、

「横浜中署の諏訪内です」

真二は警察手帳を見せた。

「それで、ヅメのことって？」

「行方がわからないんだけど、心当たりないかな？」

今度も、さっきの宮本同様、真二が質問する。

「それが、俺もここんとこ連絡取れてないんです」

雄大は不安げな表情をしている。だから、仕事中に抜けてでも、すぐに真二たちと話をしようと思ったのだろう。

「いつから？」

「えっと」

雄大は少し考えてから、

「一ヶ月くらいかな」

「最後に会ったときに何か言ってなかった？」

「詐欺《さぎ》にあったようなことを言ってました」

「詐欺？」

真二と高城は顔を見合わせる。

「詳しくは言ってくれなかったけど、そのせいで借金ができたらしいです」

「それはもう返したって？」

高城が尋ねると、雄大は首を横に振る。

「バイク売っても全然足りないって」

「橋詰はバイクを売ったって言ったのか？」

「は、はい」

真二の勢いに押されたように雄大が頷く。

届け出てある所有者は、橋詰のままだった。だが、既に手放しているとなれば、事件とは無関係ということになる。

「ヅメ、やばいことに巻き込まれてるんじゃ」

「橋詰本人じゃないから安心していいよ。その売ったはずのバイクが見つかれば、問題は解決するんだ」

雄大はその頃のことを思い出すように、

「買ったところで引き取ってもらうんだって言ってたけど」

「どこの店？」

「そこまでは」

雄大は首を横に振る。

「それは調べればすぐにわかるだろう」

高城が言った。所有者リストを割り出したのは販売店ルートからだった。それを辿《たど》ればすぐにわかることだ。

「ヅメの居場所は捜してもらえないんですか？」

二人の会話がバイクに移っていることに、不満げに雄大が言った。

「所有者の話も聞かずに捜査は進まない。安心しなさい。神奈川県警は優秀です」

高城が雄大を安心させるように言った。

「ところで、雄大くん、今日の料理は君が？」

「俺は洗い場専門です。まだまだお客様に出す料理には触れません」

「いずれはシェフに？」

「なりたいです」

雄大は目を輝かせて答える。

高城は雄大を微笑ましい顔で見つめ、真二はそんな高城の横顔を見つめていた。高城がどうしてそんなことを雄大に聞くのかわからないが、高城はとても優しげな表情をしている。

「頑張ってください。それからシェフにご馳走様でした、美味しかったですと、また来ますと伝えてください」

「ありがとうございました」

雄大は深く頭を下げて、それから、

「ヅメのこと、よろしくお願いします」

最後にそう言って、レストランの中に戻っていった。

雄大の姿が見えなくなると、高城は視線を真二に移した。

「夢に向かって一生懸命な若者というのは、見ていて気持ちいいな」

最近の若者は堪え性がないとか、定職につかないと嘆かれている時代に、雄大は何年も前から同じ店でシェフを目指し働いている。確かに、高城でなくても応援したくなる。けれど、高城の言葉にはそれ以上の意味があるように真二には思えた。そう思うのは、さっき自分が夢の話をしたからだ。

「俺が箱根駅伝の先導を諦めないでいたら、それも見てて気持ちいいですか？」

真二は思い切って尋ねてみた。

「どうだろう。君は彼ほど若くないからな」

高城が澄ました顔で答える。

初めて聞く高城の冗談に、高城との距離が少し縮まった気がして、真二は嬉しくなる。

高城の視線が真二のバイクに注がれる。

「もし、橋詰が本当にバイクを手放していたとしたら、それを届け出ていない販売店に何かあるということだな」

高城の言葉に気付かされる。真二は橋詰を中心に考えていた。バイクの所有者が橋詰でないなら、橋詰は犯人ではない。その事実に安心して、次は橋詰の行方を捜すことに気が向いていた。

「君は本当に橋詰の行方を捜すことだけ考えてたのか」

高城が見透かしたように言った。

「すみません」

真二は素直に頭を下げる。

「謝る必要はない。勤務時間外に何をしようと、責められることじゃないだろう」

「でも」

検事の高城が事件を捜査しようとしているのに、刑事の自分が気がかりだからと事件を後回しにしている。それが後ろめたかった。

「君は橋詰の行方を捜したい。私は事件の手がかりが欲しい。目的は違っても同じ過程を辿るんだ。それに頼んで連れてきてもらったのは、私の方だってことを忘れたのか？」

「一緒に来てよかったと思ってますか？」

「ああ。どうやら事件と無関係ではなさそうだ」

高城の目が鋭く光る。

「販売店の資料は刑事課には置いてあるはずだな」

「今から行くんですか？」

真二は驚いて聞き返した。もう夜の十時を過ぎている。販売店がわかってもとっくに営業時間は終わっているだろう。

「橋詰が事件に巻き込まれていたらどうする？　一日でも一時間でも早い方がいいんじゃな

いのか？」

険しい顔の高城が、真二を諭す。

「すぐに署に戻ります」

真二は気を引き締め直した。

再び二人乗りでバイクを走らせ、人気の少なくなった署に戻る。

「私はここで待っていよう」

高城はバイクを降りるとそう言った。

「私が行かない方が面倒がない。それから、誰に何を聞かれても、私の名前を出さないようにしてほしい」

「どうして」

「どうしてもだ」

高城の有無を言わせない口調に、真二は納得できないながらも反論もできず、素直に一人で署の中に入っていく。

昼間は賑《にぎ》やかな署内も、この時間になると静かだ。廊下に響く自分の足音を気にしながら、真二は刑事課のある二階に駆け上がった。そして、明かりのついた部屋のドアを開ける。

「おう、どうした」

夜勤だった村川が、驚いた顔で真二に問いかけてきた。

「ちょっと気になったことがあったんで」

真二はまだ慣れない刑事課の部屋の中を見回す。

「なんだ？」

「容疑車両のバイクを取り扱った、販売店の一覧表ってありますか？」

「おお、あるぞ。確か、そこの引き出しに入れておいたはずだ」

村川は立ち上がって、

「ほら」

引き出しから取り出した資料を、真二に手渡してくれた。

「ありがとうございます」

「で、これがどうしたって？」

当然、不思議に思った村川が尋ねてくる。

「販売店の方は確かなのかなと思って」

「それは、売った相手を誤魔化《ごまか》したり、実際の販売台数を誤魔化したりしてないかってことか？」

「はあ、まあ」

「気になるんなら好きなだけ調べてみたらいい。捜査ってのはそういう小さいことの積み重ねが大事なんだ」

ベテランの村川に褒められて、真二は嬉しくなって笑う。

「こんなぼんやりした兄ちゃんで大丈夫かと思ったけど、初日から自主的に捜査しようなんていい根性してるじゃないか」

真二は事件のために、独自に調べようとしたわけではなかった。事件に関係がなくても、橋詰の消息が知りたいだけだった。高城に言われなければ、販売店を調べようとは思わなかっただろう。けれど、高城を嫌っているらしい村川に、高城に言われたからだと言えば、余計なことをしたと高城が責められそうで、真二は言葉を呑《の》んだ。高城の口止めはそういうことなのかと、やっとわかった。

「ま、ほどほどにな。まだ初日だ」

村川に見送られて、真二は資料を手に高城の元に駆け戻った。

バイクの側に立っていた高城は、何故かヘルメットを被ったままでいる。

「お待たせしました」

「とりあえず、先にどこかに移動しよう」

「どこかって」

「どこでもいい。早く」

「はい」

高城の迫力に気圧《けお》されて、真二は急いでバイクに跨りエンジンを掛けた。高城も既に慣れた様子で素早く後部座席に跨る。

真二は近くのコンビニまでバイクを走らせると、その駐車場にバイクを停めた。

「ここでいいですか？」

ヘルメットのシールドを上げ、振り向いて高城にお伺《うかが》いを立てる。

「ああ、ここでいい」

高城が先にバイクを降り、真二もその後に続く。

「理由も言わずにすまなかった。さっき見知った警官が出てくるのが見えたんだ」

「どうして見られるとまずいんですか？」

「検事が現場に出てくることを嫌がる刑事は多い。口出しされるだけでも嫌なもんなんだ」

「そうなんですか」

真二にしてみれば、事件が解決するのであれば、誰が口を出そうと関係ないような気もするが。それはまだ真二が刑事になりきれていないからなのかもしれない。

「君にもそのうちわかるだろう」

刑事課では厳しい口調で刑事たちの反感を買っていた高城だが、今の高城の言葉からは、高城の刑事たちへの配慮が窺える。高城が厳しいだけの人間ではないと、真二は改めて気付かされる。

「資料、見せてもらえるか」

「どうぞ」

真二は胸ポケットにいれておいた資料を高城に手渡した。

「橋詰にバイクを売ったのは、今田《いまだ》モータース。住所はまた戻ることになるな。伊勢佐木町だ。もっともこの時間ならとっくに店は閉まっているだろうが」

高城はそう言うと、少し考えて、

「君のこのバイクはどこで買ったんだ？」

突然の高城の質問に、真二は意図がわからないながらも答える。

「オートショップ堺《さかい》です。寮の近くにあるんですけど」

真二がこのバイクを購入したのは、警察に入ってからだ。何かあったときに相談しやすいからと、寮の近くの店を先輩に紹介してもらった。

「バイクショップ同士なら、横の繋がりが多少はあるもんじゃないのか？　その店のオーナーに話を聞くことはできないかな」

「電話してみます」

オーナーの堺とは顔なじみだ。真二がバイクに乗れないでいた間、預かってくれたのも堺だ。真二は携帯を取り出し、登録してある堺の携帯番号を呼び出す。

「おう、どうした。久しぶりに乗ったらどこか具合が悪かったか？」

すぐに聞こえてきた堺の声には、後ろから賑やかな音楽が被さって聞こえる。どこか外で飲んでいるようだ。

「絶好調です。それより、今いいですか？」

「大丈夫だ。どうした？」

「伊勢佐木町の今田モータースって知ってます？」

真二の質問に、電話の向こうの堺が一瞬沈黙した。

「堺さん？」

「そこでバイク買うのか？」

険しい声で堺に問い返される。

「いや、俺は買いませんけど」

「知り合いでもなんでも、買おうとしてんなら止めてやれ」

堺の声にはふざけた調子は欠片もなかった。高城が睨《にら》んだとおり、何かありそうだと真二は息を呑む。

「どうしてですか？」

「いつ金だけ持って逃げられるかわかんねえからな」

「借金か何か？」

真二が口にした言葉に、隣の高城も真剣な顔になっている。

「相当危ないみたいだな。銀行や大手の金融業者にはもう貸してもらえなくて、ヤバイとこからも金を借りてるって聞いた」

「今でも営業はしてるんですよね？」

「開店休業中みたいなもんだ」

思わぬ収穫だった。

真二は礼を言って電話を切り、その内容を高城に説明する。

「売ったはずのバイク、金に困ったバイク屋店主か。状況証拠だけで引っ張れるならこれでも充分だが」

「今田モータースのオーナーが犯人？」

見えなかった犯人に近づいた気がして、真二の鼓動は速くなる。

「先走るな」

それがわかったのか、高城が厳しい声で注意する。

「そういった予断は捜査には必要ない」

検事の高城に、刑事の真二が捜査の仕方を教えられる。新人だからとはいえ、真二は恐縮するしかない。

「すみません」

「とにかく、ここから先は君一人では無理だ。署に戻って応援を頼んだ方がいい」

今田モータースを調べるには、警察の機動力が必要だ。高城はそれを真二に教えてくれている。

「高城さんは？」

「私は捜査がしたかったわけじゃない。違った視点で事件を見れば、何か手がかりが見つけられないかと思っただけだ」

「だったら、送ります」

せめて真二が高城にできることはないかと、そう申し出た。

「電車もまだ動いている時間だ。問題ない」

味気ないほどあっさりと断られる。

「でも」

「君は先にこのヘルメットを返さなければならないだろう。それに、橋詰を心配するなら少しでも早い方がいいとも言ったはずだ」

高城は常に冷静だった。そして、すぐに真二に背中を向けて歩き出す。

「ありがとうございました」

真二は高城の背中に向かって深く頭を下げた。それから顔を上げると、歩くのが速いらしく、まっすぐな背中はずいぶんと小さくなっていた。

早く行けと言われたけれど、真二はその背中が見えなくなるまで見送った。

3

「ホントですか？」

電話の向こうの雄大の声が弾んでいる。

「ああ、元気にしてたよ」

真二は聞いたばかりの情報を、早速、雄大に知らせた。

「ありがとうございました」

雄大の声は、ホッとしたせいか泣き出しそうに震えている。

違う意味で泣かすことにならずに済んだと、真二も安堵《あんど》して電話を切った。

「まさか来て早々のお前に教えられるとはな」

村川が受話器を置いたばかりの真二の背中を思い切り叩く。

連続強盗事件は無事解決した。犯人は今田モータース店主の今田だった。

あの日、高城と別れた後、真二はすぐ署に戻り、村川に今田モータースのことを報告した。

村川は真二の着眼点を褒め、翌朝から二人で捜査を開始した。今田の背格好は目撃証言とも一致し、噂《うわさ》されていた多額の借金は、その大部分が事件の後に返済されている。

状況証拠は揃った。後は物証を見つけるだけだと、真二は客の振りをして店内を探り、倉庫の奥に隠されていた橋詰のバイクを発見した。それが決め手となり、今田を重要参考人として署に連行し、自供に追い込むことができた。

今田が犯人だとわかってみれば、襲われた三件の繋がりも見えた。消費者金融は今田が借り入れをしていた店だし、景品交換所も今田が常連のパチンコ屋のものだ。郵便局は住所の町名が違うために、すぐには気付かなかったが、今田の店から徒歩圏内のごく近所にあった。

そして、橋詰は、今田の自供から海の上にいることがわかった。

橋詰が被害にあったという詐欺と今田とは無関係だったが、バイクを売りに来た橋詰から借金のことを聞かされた今田は、それを利用することを思いついた。バイクを売った金だけでは借金は返せないという橋詰に、誰とも連絡を取らせないいまま、時間がないからとマグロ漁船に乗せ、日本から遠ざけた。何ヶ月も帰ってこられない漁、その間に橋詰のバイクで強盗を働き、橋詰に罪を被せる作戦だ。

無線で漁船に連絡を取ってもらい、真二自ら橋詰と話をして、その無事を確認した。

「今回はお前のお手柄だよ」

「俺はちょっと思いついただけで」

村川に褒められても、真二は素直に喜ぶことができなかった。

真二の手柄ではない。真二はただ橋詰を捜そうとしただけだ。そこから先のことは高城の助言があったからで、高城に言われなければ販売店を訪ねても、ただ橋詰の居場所を聞くだけで終わっていたかもしれない。全て、高城のおかげだ。けれど、高城に名前を出すなと言われていたから、それは言えなかった。

「その思いつきが大事なんだよ」

他の刑事にも褒められる。そうやって、褒められれば褒められるだけ、真二は高城に対して申し訳ない思いでいっぱいになる。

「ただいま帰りました」

地検に今田の送致に行っていた、田坂と松本《まつもと》が帰ってきた。

「おう、お疲れさん」

「村川さん、面白い話を聞いてきましたよ」

田坂が辺りを気にして、課長がいないことを確認すると、

「エリートさんが横浜に来た理由、知りたくないですか」

「高城検事のことか」

村川が田坂に問い返す。

「もちろん、そうですよ」

「そりゃ知りたいな。高検から地検の異動なんて、左遷としか考えられないだろ。あんな偉そうにしてるくせに、何やらかしたのかと思ってたんだ」

「仲のいい事務官から聞いた情報なんですけどね」

田坂はニヤッと笑う。

「上司との不倫がばれて飛ばされたらしいです」

「あの堅物が不倫？」

予想外の答えだったらしく、村川が驚いた声を上げた。

「しかも話はこれだけじゃない。その相手の上司ってのは男です」

その場にいた刑事たちは、誰もがすぐには信じられないでいた。

「確かに顔だけ見れば、諏訪内の言うように俳優みたいな男前かもしれねえけど、想像したかねえな」

村川がその場の全員の気持ちを代弁するかのように顔を顰《しか》めた。

「まあ、でもそれなら飛ばされるのも納得か」

「たいしたスキャンダルだ」

噂が事実として受け入れられようとしている。

真二にはどうしても信じることができなかった。高城とはまだ、たった一日の付き合いしかないけれど、高城が誰かを泣かせるような、不倫の関係に落ちるとは思えない。けれど、そう抗議をすることは、高城との関わりを話すことになる。刑事課では、真二と高城は着任初日に顔を合わせただけということになっている。

「これからは顔を見ただけで笑ってしまいそうですよ」

田坂が既に笑いながら言った。

「偉そうなこと言っても説得力ないよな」

それに答える他の刑事の声も笑っている。その中に、真二はどうしても入れなかった。

「なんだ、辛気くさい顔して」

沈んだ顔の真二に村川が気付く。

「そんなに嫌な人だとは思えないんです。厳しいのは検事の仕事だから、しょうがないんじゃないですか？」

「限度ってもんがある。あんな重箱の隅つつくみたいなやり方で、捜査が進むかっての」

「でも、いい人ですよ」

「いい人？」

断言した真二に、村川が訝しげに尋ねる。

「そうに見えました」

真二は慌ててぼかした表現に変えた。

「お前にはそうかもしれねえな」

「俺には？」

高城と捜査したことがばれたのかと思い、真二はドキッとする。けれど、村川の答えは違った。

「お前のそののほほんとした顔見てたら、戦意が喪失するんじゃねえか？」

「俺、そんな顔してますか？」

「お人好しの代表みたいな顔してる」

自分でも凛々《りり》しい顔だとは思ってはいないが、他人から見てもそう見えるのかと、真二はちょっと情けなくなる。

「いいじゃないか。村川さんみたいに子供に泣かれる顔だと嫌だろ」

「田坂、お前もその顔のおかげで何年女がいないんだった？」

この場の話題が高城から逸《そ》れた。けれど、誰もその噂を忘れたわけではなかった。


高城の噂が消えていないことを思い知らされたのは、一週間ぶりに高城が補佐官と一緒に刑事課に顔を出したときだった。

「おや、高城検事じゃないですか」

田坂がにやついた笑みを浮かべて呼びかけた。

「今日はどんなご用で？」

田坂の態度に不審なものを感じたのだろう。高城は眉間に軽く皺を寄せて、

「課長に先日の事件の事後報告に」

「それはご苦労様です。課長、高城検事です」

田坂は笑みを浮かべたまま、デスクに座る西越を呼んだ。

真二はその光景をはらはらしながら見守る。誰かが高城に失礼なことを言わないかと、気が気でなかった。田坂だけでなく、他の刑事も同じような笑みを浮かべているのは、高城も気付いているはずだ。

高城は真二の横を通り過ぎるとき、ちらりと横目で見たが、何も言わなかった。

刑事課の中にある、簡単な応接スペースで課長と会話している間も、刑事たちの不躾な視線は露骨に高城に浴びせられる。勘の鋭い高城がそれに気付かないはずがない。

高城と西越の会談は五分と掛からなかった。

「裁判にはこの方向で持っていきたいと思います」

最後をそう締めくくり、高城は西越に軽く頭を下げて立ち上がった。

依然として、刑事たちの視線が高城に注がれているが、高城は何事もなかったように、

「それでは失礼します」

誰にともなく、部屋の中に一礼して、刑事課を出て行った。

真二は慌てて高城を追いかける。

「高城検事」

真二の声に、高城が廊下で足を止めた。それから、隣を歩く補佐官に向かって、

「先に帰っていてください」

補佐官は慣れているのか、理由も聞くことなく、真二に軽く会釈して先に歩き出した。

「どうかしたのか？」

呼び止められた理由を高城の方から尋ねてくる。

「あ、えっと、この間はありがとうございました」

まだきちんとしたお礼をしていないことを思い出し、真二はまず頭を下げた。

「礼を言われるようなことをした覚えはないが」

「高城さんのおかげで刑事課の一員になれた気がします」

「私のおかげではないと思うが、それはよかった」

高城が今日初めての笑顔を見せる。

「それで、そのお礼がしたいんです」

「だから、礼をされるようなことは」

「横浜観光、しませんか？」

真二は咄嗟《とっさ》に思いついたことを、そのまま口にした。

「横浜観光？」

高城は不思議なものを見るように、真二を見つめる。

「この前、ほとんど横浜を知らないみたいなこと言ってたから」

高城と初めて食事をしたときのことだ。ナビもなしに自在にバイクを走らせる真二に、高城はいたく感心した様子を見せた。横浜に着任して二ヶ月、事件関係以外で出歩くことはほとんどなく、捜査資料として地図は何度も見ていても、未《いま》だに横浜の街は高城にとって地図上でしか知らない街なのだと言う。

「確かに言ったが？」

「今度、休みいつですか？　俺が横浜を案内します」

「私たちは基本的に土日が休みだ」

「今週末、俺も土曜日非番なんです」

真二は勢い込んで答えた。

そんな真二の態度に、高城が堪えきれずに吹き出した。

「いいのか？　貴重な休みを私のために使っても」

「それは俺が言うことです。あ、俺の案内でよければですけど」

「それじゃ、お願いしよう」

「はい。約束ですよ」

真二は指切りをしそうな勢いで言った。高城がまた笑う。

「あ、携帯の番号を教えてもらっていいですか？」

その問いかけに高城が答える前に、真二はジーンズの胸ポケットから携帯を取り出した。

聞いた番号をすぐに登録するためだ。

「ああ、それは必要だな」

高城が暗唱する番号を、真二は携帯に打ち込んでいく。

「大丈夫か？」

「はい、オッケーです」

真二は登録した画面を高城にかざして見せる。

「大丈夫だな。詳しいことはまた後日電話で」

「電話します」

約束を取り付けたことが嬉しくて、真二は笑顔を隠せない。

「それじゃ、今度こそ失礼するよ」

「引き留めてすみませんでした」

真二は頭を下げて高城を見送った。

高城は刑事課の雰囲気を気にした様子はなかった。そのことに安心し、高城とまた出かけられることに嬉しくなる。真二は上機嫌で刑事課に戻った。

「どこ行ってた。事件だ。行くぞ」

部屋に入った途端、村川にジャケットの後ろ襟首《えりくび》を摑まれ、また部屋の外に連れ出される。

「山下町《やましたちょう》で傷害事件だ。犯人は逃走中」

村川が短く事件の概要を伝える。

今日は水曜日、土曜日までに事件が解決しなければ休日返上にもなりかねない。

「村川さん、急ぎますよ」

真二は逆に村川の腕を取って足早に歩き出した。


約束の土曜日が来た。水曜日に起こった傷害事件はその日の内に犯人を逮捕し、真二の休日は予定通りにやってきた。

待ち合わせ場所は高城のマンションの前にした。不慣れな場所で待ち合わせをするよりも、この方が確実で、何よりバイクで出かけるのだから迎えに来た方が早い。

約束の時間の十五分も前に、真二は電話で教えられた高城のマンションに到着した。電話で到着を知らせれば、高城は降りてきてくれるだろうが、たった十五分だ、待っているのも苦ではない。真二はバイクを降り、車体にもたれて高城が降りてくるのを、マンションのエントランスを見ながら待っていた。

約束の時間の五分前、高城らしい正確さで、高城がエントランスに顔を出した。スーツではなく、Tシャツの上にシャツを重ね着している姿は、いつもよりもずいぶんと若く見える。真二と並んでいても年上には見えないだろう。

「おはようございます」

真二が声を掛けると、高城は驚いた顔で、

「いつからいたんだ？」

「ついさっきです」

真二にとっては、本当についさっきにしか感じられなかった。けれど、高城は険しい顔で、
真二がもたれかかっていたバイクの車体に手を触れる。

「冷たくなってるが、エンジンを切ってすぐでこんなに冷えるものか？」

バイクには馴染みがないはずが、高城の観察眼は鋭かった。

「冷えません」

「そうだろう。いつからいたんだ？」

「えっと」

真二は腕時計を見て、

「十分くらい前です」

「だったら電話すればよかっただろう」

「急《せ》かすみたいじゃないですか。出かける前の十分っていろいろすることあるだろうし」

「あるのか？」

「ていうか、俺は起きてから十分で外に出てます」

「君らしい」

真二の言葉に高城が笑う。

もしこれが他の人に言われた言葉なら、馬鹿にされたと思うかもしれない。だが、高城に言われると、むしろ褒められたような気さえする。

「どこか行きたいところ、ありますか？」

「どこかって言われてもな、横浜で知ってるところと言えば、中華街《ちゅうかがい》」

「中華街は駄目です」

真二は高城を遮って言った。

「駄目って」

「夕食を中華街で食べようと思ってるんで、他の場所を言ってください」

今度は高城が吹き出した。

「そんな段取り決めてるんだったら、最初から君に全部任せよう」

高城は涙を滲《にじ》ませて笑っている。これだけ整った顔だと、爆笑していても絵になるのだと、
真二はまた見とれてしまう。

ひとしきり笑ってから、高城が改めて尋ねる。

「それでどこから行くんだ？」

「まずは、ランドマークタワーに行きましょう」

「思い切り観光コースだな」

行ったことはなくても名前だけは高城も知っているらしい。

「夜景もいいですけど、明るいときに横浜の街を一望するのもよくないですか？」

「いい考えだ。自分の住む街を見ておくのもいいな」

高城の同意を得て、真二は先にバイクに跨った。

「乗ってください」

高城用のヘルメットは持参してきた。それを高城に差し出す。

「ありがとう」

高城はもう慣れた様子で、ヘルメットを被り、バイクの後部座席に跨る。高城の腕がしっかりと真二の腰に回されたことを確認して、真二はアクセルを回した。

今日は雲一つない快晴で、バイクで走るには最適の天候だった。

大型バイクは小型バイクとは違い、車幅がある分、車の間をすり抜けて走ることはできない。渋滞があれば、車と同じように巻き込まれる。それでも今日はその渋滞でさえ楽しかった。それは高城も同じだったらしく、

「結構、目が合ったりするもんなんだな」

信号待ちで停まったときに、高城が大きな声で真二に話しかけてきた。真二が首を曲げて振り返ると、

「隣の車の人と何回も目が合うから、つい会釈してしまった」

高城の顔は面白そうに笑っている。この間は夜だったことと初めてバイクに乗ったことで、周りを見る余裕は高城になかったのだろう。こうして高城が笑ってくれるだけで、今日、強引に誘ってよかったと真二は思った。

二十分ほどで、バイクはランドマークタワーの駐車場に着いた。

「さてと、今日は割り勘ですからね」

真二は最初にそう宣言した。

「俺が払うって言ったら、高城さん、気を遣うでしょ？」

「それはまあ」

「だから、割り勘にしましょう。俺だって高城さんに奢《おご》ってもらったら、それ目当てで高城さんを誘ってるみたいじゃないですか」

「そんなふうには思わないが、そうだな、じゃ、対等にということで」

「はい」

二人はそれぞれタワーの入場チケットを買い、エレベーターで展望台を目指す。

展望台に上がると、眼下に横浜の街が広がっていた。

「どうですか、横浜の街は？」

「思ったより緑が多くて驚いた」

一面に広がる横浜の街を見ながら、高城は素直な感想を口にした。

「言われてみればそうですね」

真二は高城よりも十センチ高いところから街を見下ろす。

「住んでいると気がつかなかったりするもんだ」

高城は前を向いたまま言った。その横顔には爽《さわ》やかな笑顔が浮かんでいる。

完全なプライベートで高城に会うのは初めてだ。署で会うときには、いつも険しい顔をしている。今の高城にはそれはなかった。仕事中とは違う柔らかい表情を見せる高城に、真二はつい見とれてしまう。

「君の生まれた町はどの方角になるんだ？」

ふいにそう問われて真二は慌てて、

「えっと」

看板が掲示している方角を見回した。

「こっちです」

真二の出身は箱根の隣、小田原《おだわら》市だ。真二はそう説明しながら、その方角を指さした。

「横浜から遠いのか？」

「そうですね。車だと一時間くらい掛かります」

「一般的な会社員なら通えない距離じゃないが、いつ呼び出されるかしれない警察官には厳しい距離だな」

「高城さんは根岸だから……」

「ああ、どの辺りだろう」

高城が真二の前に回り込んで掲示を見ようとした。

高城の匂いが真二の鼻をくすぐる。香水をつけるようなタイプには見えない。シャンプーか何かの匂いなのか、高城に似合ったとてもいい匂いだった。

「あの辺りか」

高城の声に、真二は慌てて高城が指さした方角を見た。

それからしばらくの間、他愛もない会話をしながら横浜の街をただ眺めていた。

「そろそろ次行きますか？」

「次はどこに連れて行ってくれるんだ？」

高城が楽しそうに尋ねてくる。

「赤《あか》レンガ倉庫《そうこ》です」

「また観光コースっぽいな」

「今日は横浜を代表するところを見てもらおうと思って」

そのために真二は、小田原で生まれ横浜に住んで七年目にして、初めて横浜のガイドブックを購入していた。

赤レンガ倉庫の後は山下《やました》公園と観光地を巡っているうちに、昼近くになっていた。真二は国道沿いの一件の店の前でバイクを停めた。

「高城さん、ちょっと早いですけど昼飯にしましょう」

ヘルメットをしたまま後ろを振り返って言った。

「ここのラーメン屋、めちゃめちゃ美味しいんですよ」

高城が先にバイクを降り、真二もすぐにそれに続く。

「新横浜《しんよこはま》に行ってラーメン博物館ってのも考えたんですけど、土曜はやっぱ混むんで」

「ずいぶんと考えてくれてたんだな」

「そりゃそうですよ。高城さんに横浜を好きになってもらわないといけないんですから」

「初めから嫌いなわけではないが」

「じゃ、もっと好きになってください」

「君は親善大使か何かか」

高城がまた笑う。今日の高城は本当によく笑っている。それは真二にはけっして作り笑いには見えず、高城が今日を楽しんでくれているのだと教えてくれる。

店のドアに手を掛けた瞬間だった。二人の耳に女性の悲鳴が飛び込んできた。

「誰か、捕まえて、ひったくりー」

その声のすぐ後に、二人の目の前を原付バイクが走り抜けた。運転している男の手には、不似合いなブランドもののバッグが握られている。この男がひったくりに違いない。

「高城さんは待っててください」

真二はバイクに飛び乗り、エンジンを掛け原付を追いかけた。

元々の馬力とバイク歴十年の運転技術の差で、真二はすぐにひったくりの前に回り込むことに成功する。それから、原付の進路を塞ぐように、車体を道路に横向きに急停車させた。

派手なブレーキ音が辺りに響いた。

原付の男は真二のバイクを避けようとして、ハンドルを急に曲げたために転倒し、道路に横滑りしていく。男の体は原付から離れ、道路上に横たわり、原付はガードレールにぶつかって停まった。

「おい、大丈夫か？」

真二はバイクを降り、横たわる男に近づいていく。真二の声で我に返ったのか、起きあがろうとする男を、真二は急いでその体に跨り押さえ込んだ。

「動けるくらいなら大丈夫か」

真二は男を押さえ込んだまま、携帯で所轄に連絡を取ろうとした。そのときだ。

「このアホ、何やっとんねん」

聞き覚えのある声の聞き覚えのない言葉に、真二は驚いて顔を上げた。見慣れない自転車に乗った高城が、顔を真っ赤にして怒鳴っている。

「無茶すんのも程があるわ。いくら咄嗟のことやいうても、他にもっとええ方法はあるやろ。もうちょっと頭使え。バイクいうんは体が剝《む》き出しになってるっちゅうことを忘れたんか、このボケが」

真二は啞然《あぜん》として、ただ高城の顔を見つめた。綺麗《きれい》な顔に似合わない荒っぽい関西弁が、機関銃のように勢いよくその口から飛び出してくる。

「怪我《けが》はないんか？」

怒ったように高城が尋ねる。

「俺はないです」

「そっちは？」

高城が顎《あご》で犯人を示す。

「逃げ出そうとしたくらいだから、たいした怪我はないと思います」

「そうか」

「あの、高城さん」

「なんや」

まだ険しい顔の高城に、聞きたいことはいろいろあるのだが、結局、

「その自転車は？」

そんな質問しかできなかった。

「借りてきた」

高城はぶっきらぼうに答える。

「速かったですね」

真二は素直な感想を口にする。自転車でバイクの真二たちに追いつくのは、相当の脚力が必要だ。

「明日、筋肉痛になったらお前のせいやからな」

「はあ、すみません」

高城の迫力に気圧されて、条件反射のように真二は謝る。

誰かが通報したらしく、二人の耳に近づいてくるパトカーのサイレンが聞こえてきた。

「そしたら、俺は先にこの自転車を返してくる」

「じゃあ、さっきのラーメン屋の前で待っててください」

「わかった」

高城が自転車の向きを変え、来た道を走り去っていく。

パトカーが到着したのは、そのすぐ後だった。

「あれ、真二じゃん」

パトカーから降りた警察官が、真二を認めて驚いた声を上げる。

「黒川《くろかわ》」

真二も驚いて呼びかける。現れた警察官は、警察学校で同期の黒川だった。卒業以来、一度も同じ所轄に配属されたことはないが、プライベートではよく食事に行く仲だ。

「何、お前が捕まえたの？」

「たまたま目の前を通り過ぎたから」

真二はひったくりを捕まえるに至った経緯を、黒川に話して聞かせる。

「お前ってそういうの多いよな」

「俺もそう思う」

真二は素直に頷いた。

パトカーからはもう一人の警察官も降りてくる。真二は犯人を黒川に引き渡すと、

「あと、もう頼んでいいか？　人を待たせてるんだ」

「デート？」

黒川がからかうように言った。警察学校のときから浮いた噂もなく、合コンの誘いにも乗らない真二は、黒川たちに奥手だ純情だとよくからかわれていた。

「そんなんじゃないって。お世話になった人を横浜案内してるんだよ」

「なんだ、残念。珍しく気合いの入った格好《かっこう》してるから、てっきり」

そう言われて真二は自分の姿を見下ろした。持っている中では一番いい服を選んだ。高城と並んでも恥ずかしくない格好をと、これを選ぶのに昨日一日掛かった。それはまるで、高

校生のとき、初デートに何を着ていこうかと悩んだときのようだった。

「なんかあったら電話すっから、もう行っていいよ」

「サンキュー」

真二はバイクに跨り、高城を待たせているラーメン屋にバイクを走らせた。

遠くからでも高城の姿勢のいい立ち姿は目に留まる。

「済んだのか？」

高城の前にバイクを停めた真二に、高城が問いかける。言葉のアクセントはすっかり元に戻っていた。

「はい。所轄に頼んできました」

「それじゃ、中に入るか」

「その前に聞いてもいいですか？」

「なんだ？」

話をするのにバイクに乗ったままは失礼だと、真二はバイクを降りてから、

「どうして言葉を使い分けてるんですか？」

さっきの高城はまるで別人のようだった。標準語を話す高城は、沈着冷静でクールな印象を受けるが、関西弁のときは喜怒哀楽の激しい熱い男のように見えた。

「大阪《おおさか》にいたときから、仕事のときは標準語を話すようにしてたんだ」

「そんな決まりあるんですか？」

「そんな決まりがあれば、差別だなんだと関西人から猛反発を食らうぞ」

「それはそうですね」

頷く真二に、高城はさらに言葉を続ける。

「関西弁にもいろいろあるんだ。その中でも私の生まれた町の言葉は、かなり荒っぽい部類に入る」

「さっきの？」

「そうだ。あの言葉遣いで法廷に立てると思うか？」

「それはちょっと」

関西弁でまくしたてる法廷が想像できずに、真二は答えを濁す。

「そうだろう？　だから、法廷や聴取では正しい言葉で話そうと心がけていた。そうすると、中途半端に関西弁が混じらない方がかえって話しやすいんだ」

「でも、仕事以外は関西弁でいいんじゃないですか？」

今日は仕事で会っているのではない。それなのに、ほんのついさっきまで、高城が本当は関西弁を話すことなど知らなかった。

「環境のせいだ。日中はずっと仕事で、しかも周りには誰も関西弁を話す相手がいない。仕事が終わっても、それは同じだ。相手が標準語だと、つい合わせてしまってるんだ」

「言葉を変えるのって難しくないですか？」

「慣れるとそうでもない」

高城はこともなげにそう言った。

「さっきのは興奮して、つい出てしまっただけだ。さすがに興奮したときは素になるもんだな」

高城の言葉に、真二は知らず笑顔になる。まだ出会って間もないというのに、興奮するほど自分のことを心配してくれたことが嬉しかった。

「ケンカするときとかって、やっぱり関西弁になるんですよね？」

「この年でケンカをすることもそうないが、まあ、そうだろうな」

「俺、ボケって言われたの初めてです」

テレビでしか聞いたことのない言葉が、自分に向かって投げられる。さっきそれを、真二は不思議な気持ちで聞いていた。再現しろと言われてもできないが、いくつかの単語は、まだ耳に残っている。

「それくらい可愛いもんだ。それこそ、ケンカになれば、君は私の言葉の半分も理解できないかもしれない」

高城はニヤッと笑うと、

「機会があれば本気で私を怒らせてみるといい」

「すごくおっかなそうなんで、遠慮しておきます」

想像だけで怖がる真二を、高城が面白そうに笑った。


朝の宣言通り、夕食は中華街に行き、そして、最後の締めくくりとして、真二は港《みなと》の見《み》える丘《おか》公園に高城を案内する。

公園からは港の夜景が見下ろせた。

「観光コースというより、デートコースみたいだな」

高城は満足げな表情で夜景を見ながら言った。

「よかったら使ってください」

「機会があったらな」

「大阪に彼女がいたりしないんですか?」

「今はいない」

「仕事の方が大事だから?」

「そういうわけでもないが、タイミングの問題なのかもしれないな」

今日一日を一緒に過ごし、高城がプライベートなことまで話してくれるまでになっていた。

中学のときの修学旅行で関東に来たが、東京と日光《にっこう》だけで横浜には来なかったこと。そんなささいな情報でも知ることができて真二は嬉しかった。遠い人に思えた高城を近くに感じることができた。

「君は？」

「彼女ですか？」

問い返した真二に、高城が頷いて返す。

「いません」

「だろうな」

「どういう意味ですか？」

モテない男だと認定されたようで、真二は拗《す》ねてその理由を尋ねる。

「いたら、せっかくの非番を私のために使ったりしないだろうからな」

「高城さんのため、なのかなあ」

真二は独り言のように呟く。

「うん？」

「俺の方が楽しんでるような気がする」

「君は物好きだな」

「そうですか？」

真二の答えに高城が笑い、それに釣られて真二も笑う。

「しかし、ここは景色はいいけど、ちょっと居心地がなんだな」

「土曜の夜だからですかね」

二人は周りを見回して言った。

周りはカップルだらけで、一度それに気付くとどうにも居心地が悪くなってくる。

「そろそろ帰ろうか」

「あ、はい」

バイクは下の駐車場に停めてある。もう後は高城を送り届けるだけだ。

真二はなんとなく名残惜《なごりお》しい気持ちになる。

駐車場からバイクに乗り、夜の街を走り抜ける。最後のドライブは僅か十分で終わった。

高城のマンションの下で、真二はバイクを停める。

「ありがとう、楽しかったよ」

高城はヘルメットを真二に返しながら言った。

「じゃあ、また誘ってもいいですか？」

真二が思わずそう尋ねていた。

「またって」

「まだまだ横浜には案内したいところがいっぱいあるんです」

高城は驚いた顔ですぐに答えが返せないでいる。

「もっともっと横浜のいいところを知ってもらいたいんです」

真二はさらに言葉を続けた。

「あ、でも、他の人に案内してもらう約束とかしてたりします？」

「いや、こっちにはまだ友人がいないんだ」

「俺が第一号になります」

真二の宣言に高城が吹き出す。

「駄目ですか？」

「いや」

高城は笑いながら、

「それじゃ、今度は飲みに行くか？」

「はい、是非《ぜひ》」

高城から誘ってくれたことが嬉しくて、真二は満面の笑みで答えた。

4

真二《しんじ》は初めて入った店の中で、居心地悪く立ちつくしていた。隣を見れば、高城《たかぎ》も小難しい顔をしている。

ここがクラブと呼ばれる類《たぐい》の店だということも、中に入るまで真二は知らなかった。

今度は飲みに行こうと高城に言ってもらった翌日には、真二はもう三日後の今日の約束を取り付けていた。そこまではよかった。だが、高城をどんな店に連れて行けばいいかわからず、そういうことに詳しい黒川《くろかわ》に教えてもらったのが、この店だ。

「諏訪内《すわうち》」

店内に響き渡る音楽の隙間《すきま》を縫って、高城が呼びかけてきた。

「せっかく連れてきてもらったのに悪いが、もう出ないか？」

やはり高城も、真二と同じく居心地の悪さを感じていたらしい。真二に異論があるはずもなく、真二は大きく頷《うなず》いて見せ、二人は早々にクラブを後にした。

外に出ると、騒がしいはずの夜の町が静かに思える。

「やっと呼吸ができる気がする」

高城はそう言って伸びをした。

「すみません。なんか落ち着かないとこに案内してしまって」

真二は恐縮して頭を下げる。

「君も初めてだったんだろう？　誰かに聞いてきたのか？」

「友達にちょっとお洒落《しゃれ》な店を教えてくれって言ったんですけど」

「私のために？」

高城はほんの少し驚いたような顔になる。

「高城さんにはそういう店の方が似合うかなって」

真二とは違い、高城には洗練された雰囲気がある。それに、最初に二人で食事をしたレストランでも、高城は慣れていた。真二が知っているのは、安い居酒屋や定食屋で、そこに高城を連れて行くのは躊躇《ためら》われた。

「似合うかどうかはともかく、騒がしい店は落ち着かなくて好きじゃない」

高城ははっきりと言った。

会う機会が増え、高城を少しずつ知るようになると、彼が嘘や誤魔化《ごまか》しが嫌いだということがわかる。それは人に対しても自分に対してもそうだ。高城の言葉は常に真実を語っている。

高城が正直に言ってくれたことは嬉《うれ》しいのだが、高城の苦手な場所に連れてきてしまったことに、真二はますます肩を落とす。

「どこかで飲み直そうか」

その声に、真二は弾《はじ》かれたように顔を上げた。高城の顔は笑っている。

「ホントですか？」

「ただし、今度は君がいつも行く店にしてほしい」

「安い居酒屋とかしか知らないんですけど」

真二が窺《うかが》うように言うと、

「酒と料理が美味《おい》しければ」

そこだけが大事だと高城が答える。

「それは保証します」

「なら、決まりだ」

高城の笑顔に、

「ここからなら歩いてでも行けます」

「それじゃ、この店で待ち合わせをしたようなものだな」

「ですね」

二人は並んで歩き出す。

平日の夜とはいえ、繁華街はちょうど賑《にぎ》わう時間帯になっている。行き交う人の波を掻《か》き分けながら、

「ちょっと裏手に入るんですけど」

真二が高城にそう言ったときだった。高城は足を止め、顔を横に向けて、路地の奥を見つめていた。

「どうしたんですか？」

真二の問いかけに、高城は路地の奥を指さした。一人の男が三人組の男たちに取り囲まれ、袋だたきにされている

「君といると事件に遭遇する確率が高いな」

高城はそう言って、先にそこに向かって歩き出した。

「俺が行きます」

真二は高城を追い抜き、騒ぎの場所に駆け寄る。近くで見ると、殴られているのは真二と同じ年くらいに見えるサラリーマン風の男で、殴っている男たちは、どこかの店の制服のようなものを着ていた。

「何してるんだ」

「うっせえな。関係ない奴は引っ込んでろ」

「そうはいかない」

真二はさらに殴りかかろうとしていた男の腕を摑《つか》んだ。

「警察だ」

「警察？」

男たちは一斉に真二を振り返る。

真二の大きな体は、それだけで脅威だ。その上に警察だと聞かされれば、男たちの残された選択肢は一つしかない。男たちは目配せして、一斉に逃げ出そうとした。

「ちょっと待った」

真二は慌《あわ》てて二人の男の襟首《えりくび》を摑まえる。だが、腕は二本しかない。残りの一人が走っていく先には高城がいる。

高城は路地の出口に立って、道を塞《ふさ》いでいた。

「高城さん」

高城に怪我《けが》をさせるわけにはいかない。逃げてほしいと願いを込めて名を呼ぶが、高城は動こうとはしなかった。

逃げ出した男が、道を塞ぐ高城に殴りかかろうとした。

一瞬、何が起こったのかわからなかった。高城の体が男の陰に隠れ、次の瞬間には男が地面に倒れていた。

真二は両脇に男二人を抱えたまま、急いで高城の元に向かう。

「すごい力だな」

真二の姿に高城が驚いた顔で言った。

「それより、今の」

高城の足下には、男がまだ腹を抱えてうずくまっている。

「私が避《よ》けたら、つまずいて倒れたらしい」

「そうなんですか」

「そうなんだ」

高城の有無を言わせない口調に、真二もそれ以上何も聞けなくなる。

「どうやら、ただの喧嘩《けんか》じゃなさそうだな」

高城は真二が抱えている二人の男に問いかけた。が、男たちは視線を逸《そ》らせて答えない。

「君たちが答えないなら、彼に聞くだけだ」

高城は路地の奥で、倒れている男に近づいていく。真二もその後に続いた。

「大丈夫か？」

「はい」

殴られていた男は、よろめきながらも自力で立ち上がる。

「何があったんだ？」

「三千円ぽっきりだって言われて店に入ったら、十万要求されて」

「ぼったくりバーか」

高城は小さな溜息《ためいき》をついて、

「飲みに行くのはまた今度だな」

「え、でも」

「担当は生活安全課だと言っても、通報して終わりってわけにはいかないだろう」

高城の言っていることはもっともだったが、せっかく仕切り直しができると思っていたところだっただけに、すぐに引き下がるのは悔しかった。

「待ってください。生活安全課に知り合いがいるんで、電話してみますから」

真二は携帯を取り出そうとして、両手が塞がっていることに気付く。

「とりあえず、中署《なか》に掛ければいいんだな？」

そんな真二の様子に気付いた高城が、笑いながら手を貸してくれる。自分の携帯で、横浜《よこはま》中《なか》署の番号を呼び出してから、真二の耳に近づけた。

「生活安全課の竹林《たけばやし》警部補をお願いします」

電話に出た交換手に、真二は取り次ぎを頼んだ。この時間だ。帰っているかもしれないが、そのときは他の人間が出てくれるだろう。

「お待たせしました。竹林ですが」

幸運なことに、竹林はまだ署の中にいた。

「交通、じゃなくて、刑事課の諏訪内です」

「おう、どうした」

竹林は、真二の機動隊での先輩、後藤《ごとう》の同期で、後藤に連れられて、何度か一緒に食事に行ったことがある。課は違うが、竹林も後藤と同じように、真二を後輩として可愛がってくれていた。

「今から、一件、ぼったくりバーの摘発をお願いできませんか？」

「今から？　何言ってんだ」

訝《いぶか》しむ竹林に、真二は事情を説明する。

「もう既《すで》に捕まえてるんじゃ、出て行かないわけにはいかないな」

「すみません」

「すぐに何人か連れてくから、俺が行くまでは、その三人、確保しとけよ」

竹林のことだ。すぐに駆けつけてきてくれるだろう。真二は竹林に礼を言い、竹林が電話を切ったのを確認してから、

「すみません、終わりました」

携帯を持ってくれていた高城に対して言った。

「どうなったんだ？」

高城が携帯を片づけながら尋ねる。

「来てくれるそうです。それまで待っててもらえますか？」

「待つのは構わないが」

微妙に言いよどむ高城に、真二は気付く。

「ここは俺一人で大丈夫なんで、どこか近くで待っててもらえたら」

高城は仕事のとき以外で、署の人間に会うのを避けていた。真二はそれを思い出した。

「わかった。それじゃ、そこの通りで待ってるから」

高城はそう言い残して、路地から立ち去った。

入れ違いに、制服姿の警察官が二人、路地に姿を現す。

「諏訪内巡査ですか？」

見覚えのない警官に呼びかけられた。

「そうですが」

「竹林警部補から連絡をもらい、先に駆けつけました」

男を三人確保したと報告していたから、竹林が気をきかせてくれたのだろう。警官は近くの派出所からやってきた。

真二は両脇に抱えていた男二人を警官に引き渡す。

それから五分と経《た》たないうちに、竹林たちも到着した。

「ご苦労さん」

竹林はまっすぐ、真二に近づいてくる。

「竹林さん、申し訳ないんですけど、あと、全部お任せしていいですか？」

「いいけど、なんだ？」

「人を待たせてるんです」

「彼女か？」

同じようなことが前にも会ったなと思いながら、真二はそのときとは違う答えを返す。

「友達です」

あのときはお世話になった人としか言えなかった。今は高城の横浜での友達一号だ。

「勤務時間外だし、課も違う。いいだろ。もう行っていいぞ」

「ありがとうございます」

真二は深く頭を下げ、それから、走り出した。高城を待たせていると思うと、自然と足が速くなる。

路地を出て、通りで待っていると言った高城の姿を捜す。

高城は通りの向こう側にいた。ガードレールに浅く腰を預けて立っている姿は、離れていてもすぐに目に付いた。だが、高城は一人ではなかった。高城の正面に男が立って、何かを話している。

声を掛けていいものか、真二が迷っていると、高城が真二に気付き、男を押しのけて真二の元に駆け寄ってきた。

「お知り合いじゃなかったんですか？」

「初対面だ」

見るからに高城は不機嫌そうで、真二は深く尋ねるのを躊躇う。

「ホストクラブにスカウトされた」

「高城さんがホスト？」

「どうしてこの年で転職しなきゃいけないんだ」

そういう問題ではないだろうと思いながら、

「立ってるだけでも絵になるから、声を掛けたくなったんですよ、きっと」

「立ってるだけでホストが成り立つのか。それに、外見のことを言われるのは好きじゃないんだ。中身に興味はないと言われてるようで」

よほど容姿のことを言われすぎているのか、高城の口調はうんざりとしていた。

「それに、女性に言われるならともかく、男に言われても嬉しくはないだろう？」

「すみません」

咄嗟《とっさ》に謝った真二に、高城が不思議そうな顔をする。

「俺も言ってませんでしたか？」

「どうだろう」

高城は考えるような素振りをして、

「君には言われてないと思うが」

「でも思ってました」

真二が正直に告白すると、高城は吹き出した。

「怒らないんですか？」

「たぶん、君に言われていたとしても、気にならなかったような気がする」

「どうして？」

「君に裏がないせいじゃないか」

裏表のない性格だとはよく言われる。それを口にするときの顔は、誰もみな笑顔だったから、褒《ほ》め言葉だと思っていた。けれど、今の高城は笑っていない。

そんな真二の視線の意味に気付いたのか、高城が口元を緩《ゆる》める。

「わからない方が君らしくていい」

「じゃ、わからないままでいます」

理由はわからないが、とにかく高城に褒められたらしい。それなら、直すことはない。

「今度こそ、飲みに行こうか」

「はい」

高城の誘いに、真二は大きく頷いた。

真二は鼻歌が出そうな勢いで、帰り支度を始めた。今日も高城と食事の約束をしている。高城と初めて会ってから、まだ一ヶ月も経っていないのに、二人きりで会うのは今日で五回目になる。

「絶好調みたいだな」

村川《むらかわ》が呆《あき》れたような口調で話しかけてきた。

「はい、絶好調です」

真二は笑顔で答える。

「刑事課に配属になって、最初からそんな元気いっぱいの奴は初めてだ」

「そうなんですか？」

真二は、真二の次に刑事課キャリアの浅い、古内《ふるうち》を見た。

「俺なんて、最初の頃は精神的にも肉体的にも疲れ切ってて、諏訪内みたいな笑顔なんて出なかったよ」

古内が苦笑いを浮かべて答える。

「体力には自信ありますから」

「だから、体力だけの問題じゃないって」

古内の笑顔が苦笑から、優しいものに変わる。それは刑事課中に広まった。真二だけが、どうして笑われているのかわからない。

「しかも、仕事を離れても大活躍だしな」

「課長」

どこから話を聞いていたのか、ドアを開けて、部屋に入ってくるなり、西越《にしごえ》が言った。

「生活安全課から、礼を言われたぞ。悪質なぼったくりバーの検挙に貢献してくれたってな」

この間、高城と出くわした一件だ。その後の処理を全部任せたのだから、礼を言うのは真二の方だと、翌朝一番に真二は生活安全課に顔を出していた。

「本来なら、殴るのはやりすぎだと言うところだが、人数的な問題で仕方ないだろう」

「殴る？」

真二には全く身に覚えがなかった。取り押さえるのに腕を締め上げたりはしたが、誰も殴ってはいない。

「あっ」

真二は心当たりを思い出して思わず声を上げた。

「どうした？」

「いえ、なんでもないです」

真二は殴っていないが、高城と向かい合った男が地面に崩れ落ちるのは見た。あのときもしかしたら…。そう思ったが口にはしなかった。

「お前はどうも事件を引き寄せる体質みたいだな」

村川が立ち上がって、真二の肩をポンと叩《たた》いた。

「オフのときくらいは休んどかないと、後々くるぞ」

「でも、俺は見つけるだけで、後のことは全部任せちゃうんで」

「それでもな、所轄《しょかつ》呼んだり、担当探したりするのに、時間を取られることは間違いない。いくらぼーっとしてたって、少しくらいは神経使うだろ」

「使う、かな？」

周りから見れば、真二が気遣っているように見えることでも、真二本人には全く自覚はない。

「ああ、もういい。とにかく、今日は巻き込まれないようにしろよ」

そう言って村川は、帰り支度の済んだ真二の背中を押した。早く帰れということだろう。

「はい、お先です」

「おう、お疲れ」

真二は頭を下げてドアを閉めると、廊下を走り出した。

約束の時間にはまだ余裕がある。

真二は検察庁に歩いて向かう。待ち合わせ場所は決めているが、待ち合わせ時間よりも先に着けそうなときは、検察庁の前で、高城を待つことにしていた。

「刑事課はそんなに暇なのか？」

建物から出てきた高城は、手を振る真二を見つけて呆れたように言った。高城に会うのは今週は二度目で、二度とも真二はここで高城を待っていた。

「暇じゃないですよ。今も事件が三つ重なってて、全員、休み返上ですから」

「俺もそう聞いている」

何度か二人だけで会ううちに、関西弁が出るまでにはいたらないものの、少しだけ高城の言葉が砕けてきた。

「昨日、宿直だったんで今日は早く帰れるんです」

「夜勤明けで今まで働いてたのか？」

高城は驚いて腕時計で時間を確認する。

宿直明けにもかかわらず、既に日も沈んだ夜の七時、丸二十四時間以上働きづめだった。だから、村川は事件に巻き込まれるなと送り出してくれたのだ。

「早く帰って休んだらどうだ？」

「でも、食事は一人でもするし」

高城に怒られているような気がして、真二は情けない顔で一応の反論をしてみる。

「怒ってるわけじゃないんだが」

高城がどう言おうか言葉を探しているように、真二には見えた。

「お腹《なか》、空《す》きませんか？」

真二は怒られないか、恐る恐る尋ねてみる。

「そうだな」

高城はそんな真二の態度に表情を崩した。

「食事に行くか」

「はい」

真二は途端に元気な声で返事をする。

高城と食事に行く日は、バイクではなく電車で通勤することにしていた。実は高城はかなりの酒好きで、食事に行っても必ず酒は頼む。だから、真二もそれに付き合えるように、バイクには乗ってこない。

今日、真二が高城を案内したのは、検察庁からも歩いていける距離にある、安い居酒屋だった。警察に入ってからよく通うようになった店だ。最初こそはそれなりの店を選んでいたが、普段も通えるような店を教えてほしいという高城のリクエストで、それからは真二の行きつけの店に案内をするようにしていた。

「ここもいい店だな」

「ありがとうございます」

自分が褒められたような気になって、真二は嬉しくなる。

店内は小綺麗《こぎれい》にされていて、広すぎず狭すぎずに、落ち着きやすい空間を提供している。値段も手頃で料理が出てくるのが早い。入って五分、二人の前には既に注文した料理が並べられている。

高城は今日も、とりあえずビールを頼んでいた。最初はビールで、その後に焼酎《しょうちゅう》というのが高城のいつものパターンだ。焼酎よりもワインの方が似合いそうな顔立ちで、毎回、軽く四、五杯はグラスを空《あ》ける。

「高城さんって、お酒、強いですよね」

「これぐらいは強いとは言わないだろ」

高城は既に三杯目のグラスに口を付け始めている。その間に真二が飲んだのは最初の生ビールの中ジョッキ半分だけだ。

「君はあまり強くなさそうだな」

食べる量に比べて、なかなか減らないジョッキの中身を見ながら、高城が言った。

「これ一杯で充分に酔えます」

自慢にならないことを、真二は胸を張って自慢する。高城はフッと笑って、

「俺に付き合って無理に飲まなくていいんだぞ」

「自分は飲めなくても、宴会とか飲み会の席は好きなんです」

真二は人付き合いがいいため、宴会にはよく誘われる。合コンでさえなければ、真二は断

ったことがない。

「変わった奴だな」

「だって、みんな楽しそうでしょ？　酒が入って陽気になってる人とかいるし、楽しいじゃないですか」

「そういう考え方もあるのか」

高城が感心したふうに言った。

「高城さんは苦手ですか？」

「君とは逆だな。自分は飲めても、宴会は好きになれない」

「一人で飲む方が？」

「いや、親しい者同士で飲むときはいいんだ。でも、それほど親しくない人間が一人でもいると、妙に気を遣って純粋に酒を楽しめなくなる」

「あの、今は？」

真二は恐る恐る尋ねる。

高城と出会ってからまだ一ヶ月と経っていない。勝手に友達になった気分でいたが、こうして食事をして酒を飲んでいるときにも、高城に気遣いをさせているのではないかと、今更心配になってきた。

「君に気を遣ってはいないが」

高城はまず真二の心配を打ち消してから、

「君の方こそ、私に気を遣ってるんじゃないのか？」

「どうしてですか？」

思いがけない高城の言葉に、真二は驚いて問い返す。

「私が横浜にまだ友人がいないと言ったから、それを気にして誘ってくれてるんじゃないのか？」

「違います」

高城がまさかそんなことを気にしてくれているとは思わなかった。真二は絶対にそれはあり得ないことを表すために、力強く否定する。

「そんなこと、思ったことは一度もないです」

「ほとんど休みがない状態で、空いた時間をこうして俺との食事に使っていたら、他のことをする時間がないだろう」

「迷惑ですか？」

「そうじゃなくて」

高城が困ったように額《ひたい》を指で掻いた。

「いろいろと他にすることはないのか？」

「他って？」

「例えば、洗濯とか掃除とか」

「元々あんまりしないんで」

独身寮の真二の部屋は、床はほとんど畳が見えていない状態で、洗濯物はそろそろ片づけないと着ていく服がなくなるぐらいに、山になって溜《た》まっている。寝るためだけに帰る部屋は、それはそれで慣れれば居心地よかった。

「それに、他の友達とも会いたいだろう」

「俺が今一番会いたいのが高城さんなんで」

迷いもなく口から出てきた言葉に、真二は自分の気持ちに気付かされる。

ただ高城に会いたい。

こんな気持ちに覚えがあった。中学生の頃だ。真二は保健室の先生に憧れていた。綺麗な長い髪が印象的な美人で、理由をつけては保健室に通っていた。ただの憧れだったのか、それとも初恋だったのか、わからないまま真二は中学を卒業した。あの頃と違うのは、真二が充分な大人になっていること。自分の気持ちを判断できるだけの経験は、僅《わず》かでも積んできたこと。

黙ってしまった真二に釣られたのか、高城も何も言わなかった。さっきまでの楽しい空気はなくなり、二人の間に微妙な空気が流れる。

「そう言ってくれるのは嬉しいんだが」

本当に困ったように高城は頭を掻いて、ようやく口にした言葉を詰まらせる。

あまりの間のもたなさに、真二は残っていたジョッキの中身を胃に流し込んだ。

「おい、大丈夫か？」

「これくらい平気です」

真二はそう言ってから、手を挙げて店員を呼んだ。

「俺にも焼酎」

高城は止めなかった。互いに酒を飲んでいれば、間も保てると、高城も真二と同じように考えたのだろう。

それからは当たり障《さわ》りのない話しかしなかった。今の内閣はどうだとか、今年の野球はどうだとか、果ては、

「あ、あのドラマ、見てますか？」

会話のきっかけになればと、真二は今流行《はや》っているドラマのタイトルを口にした。

「すごい面白いらしいんですよ」

「俺はドラマはほとんど見ないんだ。そんなに面白いのか？」

問い返されて、真二は言葉に詰まる。

「どうした？」

「俺も見てないんで」

結局、二人とも知らないドラマの話など続くはずもなく、また沈黙するはめになる。

互いの前のグラスは空になり、皿の料理も付け合わせの野菜が残っているだけだ。

「そろそろ出ようか」

高城に促《うなが》されて、真二も席を立つ。こんな気まずいままで別れることに後悔はあるけれど、気まずさを打ち消す方法がわからない。

食事は割り勘にするという二人の決めごとは、こんなときでも守られる。レジの前で二人はそれぞれ財布を開き、二等分した金額を別々に支払った。

店を出るまで、どちらも口を開くきっかけが摑めなかった。最寄《もよ》りの地下鉄の駅に向かって無言のまま歩き出す。

ここから駅までが最後のチャンスだ。

真二はそんな思いで口を開いた。

「あの」

少し先を歩く高城に追いつこうとして、真二は歩幅を大きくした。それがまずかった。初めて飲み干した焼酎のグラスは、たった一杯でも真二の足に効いていた。

「危ない」

高城が声を上げ、足がもつれて電柱にぶつかりそうになる真二を、その腕を摑んで引き留めた。だが、真二の大きな体を高城の腕一本で支えるには無理があり、二人は体勢を崩して、もつれるようにビルの壁にもたれかかった。

高城の体は真二の腕の中にあった。高城の手は真二の腕を摑んだまま、真二はもつれ合った拍子に高城の腰に手を添えたまま、二人は抱き合うような体勢で動きを止める。

体は密着し、互いの体温が重なる。

酔いなど一気に醒《さ》めた。それでも、腰に添えた手を離すことができない。高城の体温をもっと感じていたくて、さらにその手を背中に回した。

高城は僅かに身じろいだだけだった。真二はどこにも力を込めていない。振りほどこうと思えば、はねのけようと思えば、簡単にできるはずだ。けれど、高城は真二に体を預けたままでいる。

この一瞬を永遠にしたくて、真二が手に力を込めようとしたときだった。

「でさあ」

通りの向こうから人の話し声が聞こえてきた。

高城が弾かれたように、真二から遠ざかる。

二人の間には一メートルの距離ができた。一歩踏み込めば近づけるはずの距離が、真二には遥《はる》か遠い距離に思える。

歩き出したのは高城が先だった。無言のまま、真二に背中を向けて、駅に向かって歩き出す。真二もその後ろを肩を落として歩く。

駅まで三分も掛からない。取り繕《つくろ》う間もなく、改札にたどり着いた。

「君は反対だったな」

ようやく口を開いた高城の言葉は事務的だった。

「そうです」

「それじゃ」

高城が反対側のホームに続く階段に消えていく。

いつもなら最後の言葉は『それじゃ、また』だった。今日は『また』が続かなかった。真二も言い出せない。

次の約束を取りつけられない言葉は、いつまでも真二の中に残った。


どれだけブルーになっていても、朝は来るし、仕事には行かなければならない。真二は暗い気持ちを引きずったまま、署に向かった。

「おはようございます」

「おう、おはよう」

真二に答えた村川は、

「どうした、不景気な面《つら》してんな」

真二の顔をまじまじと見つめる。それも仕方ないだろう。昨日までは絶好調だと言い切っていたのだから。

「そうですか？」

「そろそろ疲れが出てきたか？」

「そんなことないです」

真二は無理に笑ってみせるが、その笑顔は誰が見ても不自然だった。

「どうもお前見てるとな、うちの太郎《たろう》を思い出す」

「息子さんですか？」

「オスのハスキーだ」

「犬じゃないですか」

周りにいた刑事たちが思わず吹き出す。

「でかい図体のわりに人懐っこくて、構ってほしいから誰彼構わず尻尾《しっぽ》振ってくんだが、ちょっと一人にされると、しょげ返って情けない顔をする。そんときの顔に、今のお前の顔がそっくりだ」

「なんか、太郎の気持ちがわかります」

高城に相手をしてもらえることが嬉しくて、勝手に懐いて、懐きすぎて、それが負担になりすぎたのかもしれない。真二は余計に落ち込んできた。

「彼女に振られでもしたか？」

「そんなんじゃないです」

「でも彼女はいたろ？　早く帰れるときは尻尾振って飛んで帰ってたじゃねえか」

「尻尾なんかないですよ」

「どうでもいいが、公私のけじめはつけろ、落ち込んでねえで、仕事だ、仕事」

村川が思い切り真二の背中を叩く。

そのとき、デスクの上の電話が鳴り出した。

「ほら、電話」

村川が顎《あご》で示す。電話を受けるのは一番近くにいる者か、一番下っ端。今の真二はその両方だった。

「はい、刑事課」

「真二？」

よく知った声が呼びかけてきた。

「黒川か？」

電話の相手は黒川だった。

「どうかしたのか？」

「この間のひったくりだけどな」

初めて高城と横浜観光をした日のことだ。ずいぶん昔のことに思える。

「どうだった？」

黒川に引き渡してから、すっかり忘れていた。真二は、その後の経過を尋ねる。

「調べてびっくり。余罪がわんさか出てきた」

「そういえば、手慣れてる感じがしたよ」

「お前がさっさと帰るから、俺の手柄になったぞ」

「それでいいんじゃないのか。俺が逮捕したんじゃないし」

「刑事になっても欲がないな。こっちとしてはありがたいけど」

真二はあの日のことを思い出す。高城が初めて真二の前で関西弁を使った日だ。知らなかった高城の一面を見られて嬉しかった。でも、もう二度と真二の前であの言葉を使うことはないかもしれない。

「おい、真二？」

返事をしない真二に、黒川が呼びかける。

「あ、ごめん。何？」

「いや、一応、礼を言っておこうと思って電話しただけで」

「わざわざありがとう」

「お前さ、今日、仕事何時に終わんの？」

黒川が話を変えた。

「そんときになってみないとわかんないな」

抱えている事件は三つもある。一つは今日にでも終わりそうだが、後の二つ次第でどうなるかわからない。

「じゃあさ、何時でもいいや。とりあえず終わったら電話してこいよ」

「いいけど、何？」

珍しいくらいに強引な黒川に、真二はその理由を尋ねる。

「飲みに行こう。俺が奢《おご》るから」

「でも、ホント、何時になるかわかんないって」

「俺は明日、非番だから気にするな。お礼とお前の景気づけだ。愚痴《ぐち》ならいくらでも聞いてやるから」

真二の声にいつもの元気がないことに黒川は気付いたようだ。確かに誰かに聞いてもらうだけでも楽になることもある。真二は黒川の気遣いに感謝して、

「わかった。終わったら電話する」

電話を切ってからは、慌ただしい一日だった。聞き込みに走り回り、帰ってきては事情聴取の立ち会いと、落ち着く暇もなかった。

「諏訪内、俺たちも上がるか」

村川がそう言ってきたのは、夜の八時を過ぎてからだった。

「でも、まだ田坂《たざか》さんたちが戻ってきてないですよ」

「全員揃《そろ》ってから帰るって決まりがあるわけじゃなし、それに、あいつらの結果を聞いても今日中に動けるわけでもない。なら帰って休んだ方がいい」

「わかりました」

村川に諭《さと》されて真二も納得する。

二人は揃って刑事課を後にした。廊下を並んで歩きながら、

「お前、この後何かあるのか？」

「友達に誘われて飲みに」

「そうか。空いてたら誘おうかと思ったんだが」

どうやら村川も、真二の元気がないことを気にしてくれていたようだ。

「すみません」

「まあ、せいぜい友達に景気づけしてもらえ」

村川が思い切り真二の背中を叩く。

「ただし、飲みすぎるなよ。明日も仕事だ」

最後に忠告も忘れず、面倒見のいい先輩は、真二とは反対方向に歩き去った。

真二はそこから、携帯で黒川に連絡する。

「今、終わった」

電話に出た黒川に短くそう伝えると、

「オッケー。三十分後に『よしや』に集合な。俺もすぐ出るから」

『よしや』は寮の近くにあり、寮に住む警察官がよく出入りする居酒屋だ。

真二はバイクを走らせ、一度、寮に戻ってバイクを置いてから、『よしや』に行った。

「こっちこっち」

先に来ていた黒川が、座敷席から真二を手招きする。

「カウンターじゃないんだ」

人数が多いときは座敷を使うが、二人で飲みに来たときはいつもカウンター席を使っている。それを口にすると、

「落ち着いて話を聞いてやろうと思ったからじゃん」

黒川は空いたグラスを真二に持たせ、それにビールを注《つ》ぐ。

「で、何、仕事がキツイとか？」

「キツイのはキツイけど、慣れてないだけで、機動隊んときとそんな変わんないよ」

正直な感想だった。元々、体を動かすことは苦にならない。頭を使う仕事だとは言われたが、まだ新人の真二に、今のところそこまでは要求されていない。

「だったらなんなんだよ、その顔は」

「なあ、黒川」

「ああ？」

「会いたくて会いたくて仕方ないっていうのは、やっぱりその人のことが好きだからだと思う？」

真二は自分よりも、明らかに恋愛経験豊富そうな黒川に尋ねる。

「そりゃ、考えるまでもなく好きなんだろ」

「やっぱ、そうか」

真二は大きく溜息をつく。

「惚《ほ》れたらマズイ相手なのか？」

仕事の上役ともいうべき人で、男同士で、でも問題は、そんなことよりも、ただ一方的に想うだけでも、あの高潔な人を汚しているような気がするということだ。

「不倫とか？」

「独身。恋人もいないって」

「なら問題ないじゃん」

「そういう対象として見られてない」

「ああ、お前、見た目はイケてんだけど、男のフェロモンとか一切ないもんな」

仮に真二に男のフェロモンとやらが存在していたとしても、高城がそれに惑わされるとは思えない。

「いっそ告白して玉砕しちまえ」

黒川が思い切ったアドバイスを寄越《よこ》してきた。

「なんで？」

「振られちまえば悩むこともないじゃん」

「会えなくなるから嫌だ」

「ずーっとうじうじ想ってるだけの方がいいって？」

「会えなくなるぐらいなら」

「重傷だな、こりゃ」

呆れたように黒川が頭を掻く。

「間違っても犯罪者にはなんなよ。下手《へた》すりゃストーカーになりかねないぞ」

「それは大丈夫、だと思う」

「思うじゃねえだろ。断言しろよ」

黒川は付き合ってられないとばかりに、テーブルに頭を突っ伏した。

「冗談だって。そんなことになったら、ますます顔を合わせられなくなる」

なんと言っても高城は検事だ。犯罪者と検事の関係になることだけは避けたい。

「結局、そこか」

黒川は真二の空いたグラスにビールを注ぐ。

「で、お前がそこまで惚れ込んだ相手ってどんな人だよ」

真二は高城の姿を思い浮かべ、

「すごくまっすぐな人」

そう口にした。

「まっすぐ？」

「背筋がピンと伸びてて、立ってる姿が綺麗なんだ」

「そっちのまっすぐね」

黒川が納得したような相づちを打つ。

「でも、中身はもっとまっすぐだと思う」

「思うって？」

「会ってまだ一ヶ月も経ってないから、まだまだ知らないこと多いよ」

「それでそこまで惚れ込むか。一目惚れとか？」

「だったのかな。今思えば」

最初は声だった。凛《りん》とした声に聴覚を奪われ、その後、まっすぐに立つ後ろ姿に視覚を奪われた。きっと、あのときから、高城は真二にとって特別な人になっていた。

「俺、犬だったらよかったのに」

「犬？」

黒川がびっくりしたように大きな声を出し、それから辺りを見回し声を落とす。

「急に何言い出すんだ」

「今日、先輩に飼ってる犬に似てるって言われたんだ」

「ああ、似てるかも。レトリバーとかハスキーとかの大型犬だろ？」

「ハスキーだって言ってた」

「やっぱり」

今まで言われたことはなかったが、黒川もそう思っていたのか、あっさりと納得する。

「犬だったらさ、ずっと一緒にいられるだろ」

「何もできないけどな」

「何もって？」

「そりゃ、いろいろ」

黒川がニヤニヤ笑う。真二はその笑みで言葉の意味がわかった。

「馬鹿、お前、何言ってんだよ」

高城に聞かれているわけでもないのに、真二は慌てて黒川の口を塞ごうとする。

「何焦《あせ》ってんだよ」

「そういうことを考えちゃいけない人なんだ」

「それはお前の勝手な思い込みだろ。相手、幾つの人か知らないけど、俺たちと似たぐらいの年なら、それなりの経験しててもいいはずじゃん」

「そりゃそうだけど」

少ないながらも真二にも経験はある。それを考えれば、高城の容姿ならモテて当然だし、真二よりも年上だし、経験も真二以上にあると思う方が自然だ。キスも何回もしただろうし、それ以上のことも……。

高城はどんな顔でキスをするのか。

想像しただけで鼓動が爆発しそうに速くなる。

「あの、諏訪内さん、顔が赤くなってますけど？」

「お前が変なこと言うからだろ」

今までそんなことを考えたこともなかった。高城と一緒にいられればそれで満足だった。それなのに、黒川の一言で、急にそれ以上のことを意識してしまう。

「今どき、中学生だってもっと進んでんぞ。まさか、想像だけで勃《た》ってんじゃないだろうな」

「いくらなんでもそこまでは」

そうなりそうで慌てて妄想を打ち消したとは、さすがに言えない。そんな真二の様子を黒川が疑わしげに見つめる。

「まあ、でも安心した」

「何が？」

「かなり遅れてっかもしれないけど、お前も正常な男だったんだってわかってさ」

「当たり前だろ」

「好きな相手に下心を持つくらいだからな」

「言うな」

「なんで？」

「会えなくなるから」

高城を好きだと自覚しただけでも、顔を合わせづらいのに、その上、不純な下心の存在にまで気付いてしまった。どんな顔をして高城の前に出ればいいのかわからない。

「お前、わかりやすいもんな」

黒川の言葉に真二はさらに落ち込む。

「でも、それって結構ラッキーかもよ」

「ラッキー？」

「お前が告白しなくても、態度でお前が好きだってことは相手に伝わる。その気がなきゃ、向こうは距離を取るだろうし、だからといって告白してないんだから、会ってもそんなに気まずくはならないんじゃないの？」

「そうかな」

「だと思っとけ」

それは黒川なりの励《はげ》ましの言葉だった。

前にも後ろにも動けないなら、現状のままでいられる理由を探すしかない。

「お前って、頭いいな」

「だろ？」

友情に助けられ、真二はほんの少しだけ気が楽になった。

5

真二は署のトイレで、当直明けの疲れた顔を洗っていた。肉体的なことだけなら、一日の当直くらいで疲れたりしない。顔を上げて鏡に映る顔は、自分でも見たことのないほど、力がなかった。

高城とはもう一週間も会っていない。高城の前に出せる顔がないというのが、本当のところだ。高城のあのまっすぐな瞳に見つめられたら、何もかも見抜かれてしまいそうで、会いたいからと電話を掛けることができなかった。

外の廊下から規則正しい足音が響いていた。真二はまさかと思い、ドアに近づいて薄く開いて外の様子を窺う。

背筋をまっすぐに伸ばした高城が、補佐官と一緒に歩いている。

真二は慌ててドアを閉めた。

「検事、何か？」

足音が止まり、補佐官の声が聞こえる。

「いえ、なんでもありません」

答える高城の声の後、すぐに足音がまた響いた。

高城はすぐ側《そば》にいる。一瞬だけ高城の姿を確認できた。それだけでも、真二の鼓動は速くなる。こんな調子では、とても高城の前に顔を出せない。高城がどんな用で来たのかはわからないが、顔を合わさずに済むにはどうしたらいいか、真二は頭を悩ませた。

「おう、ここにいたのか」

村川がトイレのドアを開けて、驚いた顔で言った。

「おはようございます」

「まだ不景気な面してんな」

村川が真二の横を通り過ぎながら頭を叩いた。そして、用を足すために便器の前に立つ。

「女に振られたぐらいでいつまでも落ち込んでんじゃねえよ」

「だから違いますって」

「わかったわかった。田坂にでも言って、誰か婦警を紹介してもらえ。あいつは顔だけは広いぞ」

村川は田坂が聞けば怒りそうなことを言い、真二を励まそうとしてくれているらしい。けれど、今、どんな素敵な人と出会っても、きっと好きにはなれないだろう。

用を済ませた村川が、真二の隣に立って手を洗う。

「お前、メシ食ったか？」

「まだです」

「食ってこい。腹に物入れて、もっとしゃきっとした顔になってこい」

村川は全く知らずに、真二に署から逃げ出す口実を与えてくれた。

「すみません。行ってきます」

真二はそのまま課に戻らず署の外に出た。

近くには署の人間がよく利用する喫茶店がある。真二はそこに入った。窓際の席に座り、外を眺める。ここからなら、署から出てくる人間を見ることができる。

真二がモーニングを食べている間に、高城が署から出てきた。真二には気付かずに、綺麗な姿勢で少し早足に歩いていく。

元々のコンパスの差もあるだろう。補佐官は高城よりも身長が五センチほど低く、足の長さはそれ以上の差がある。ここからだと補佐官が必死で、高城の後を追いかけているように見える。高城は本来、気のつく人だ。何か考えごとでもしているのか、そんな補佐官の様子に気付いていないらしい。高城にしては珍しいことだった。

真二は高城の姿が消えるまで、じっとその後ろ姿を見つめていた。

そこからは、ただ食事を胃の中に押し込む。元々は食欲よりも、逃げ出す口実に来ただけだ。高城が帰ったのなら、署に戻ることに問題はない。そろそろ他の刑事たちも出勤してくる頃だ。真二は急いで刑事課に戻った。

昨日から珍しく事件がなかった。出勤してくる刑事たちの顔にも、どこか余裕が感じられる。午後まではそれぞれが溜まっていた書類の整理に追われ、その間も事件の知らせが入ることなく、当直明けの真二の勤務はそろそろ終わろうとしていた。

「速報」

田坂がそう言いながら刑事課のドアを開けた。

「今度はなんだ」

村川がまたかと言った顔で、それでも尋ねる。

「高城検事の例の不倫相手、今、地検に来てますよ」

「嘘だろ？」

村川は驚いた顔で、

「のこのこ顔出せんのか？」

「お偉いさん方の会議が東京であって、来たついでに寄ったとか。一応、表向きはただの異動ですからね。不倫で左遷になったのは、あくまで噂《うわさ》ですから」

「ずいぶんといい度胸してんな」

村川は感心したように言った。

「案外、噂になってること、知らないんじゃないですか」

「かもしれねえな。お偉いさんってのは下のことには疎《うと》いもんだ」

真二は頭が真っ白になり、二人の会話も途中からは聞こえていなかった。

噂は信じていない。はずだった。それなのに、高城を好きだと意識してから、高城にも付き合っていた人くらいいることに気づき、その相手が噂と結びついた。

「諏訪内」

呼びかけられ肩を叩かれて、真二はハッと顔を上げた。村川が呆れた顔で立っている。

「もう上がる時間だぞ」

そう言われて腕時計を見ると、とっくに就業時間は過ぎていた。

「ぼけっとしてるから何もできてないかと思ったら、報告書は仕上げてたんだな」

村川は真二の机から、朝から書いていた報告書を取り上げた。

「俺がチェックしといてやる。お前は事件の知らせが入る前にとっとと帰れ」

「すみません」

まだ村川に心配を掛けていることが申し訳なくて、真二は頭を下げた。これ以上、ここにいてもさらに心配させるだけだ。

「お疲れ様でした」

真二は刑事課を後にした。

宿直明けのために、午後からはまるまる休みだ。バイクでも走らせれば、いい気分転換になるだろう。そう思ってバイクのエンジンを掛けたのに、向かった先は検察庁だった。

検察庁の駐車場にバイクを停め、正面玄関脇でいつ出てくるかどうかわからない、高城の姿を待つ。

「よう言いますわ」

たぶん、三十分も待ってはいない。耳に馴染《なじ》んだ声、一度しか聞いたことのないアクセントが、真二の耳に入ってきた。

高城が笑いながら建物から出てくる。

「冗談やのうて、ホンマに高城の抜けた穴は大きかった」

「気付くんが遅いですよ」

高城は一人ではなかった。年配の男と親しげに会話しながら、真二に気付かずに通り過ぎていく。

真二にはあれ以来聞かせてはもらえない関西弁で、笑顔で話している高城の姿に、真二はショックを受けた。話の内容から、一緒にいた相手は大阪《おおさか》高検の頃の上司に違いない。

刑事課で聞かされた噂が蘇《よみがえ》る。信じてはいなかった。けれど、信じてしまう。自分には聞かせてくれない言葉で話すのは、自分以上に親しい相手だから。友人になれたはず、だったらそれ以上の関係はなんなのか。

二人の姿はとっくに真二の視界から消えている。

真二は項垂《うなだ》れ、バイクのことも忘れて、とぼとぼと歩き始めた。

通りがかった居酒屋がまだ昼過ぎだというのに営業中の札が下がっている。真二は引き寄せられるように暖簾《のれん》をくぐった。

それほど酒に強くなく、一人で飲みに行ったことはない。けれど、今日はとことん飲みたい気分だった。飲んで記憶をなくした友人の話を聞いたことがある。そうできればと、今日見たことを忘れられればと、真二はグラスを重ねた。

暇な時間帯だったからか、結局夕方過ぎまで粘った真二を、店主は嫌がりもせず、応対してくれた。

「お客さん、大丈夫？　タクシー呼ぼうか？」

人のよさげな店主が、勘定を済ませて店を出ようとした真二に問いかけた。

真二はすっかり出来上がっていた。かろうじて自分の足で立ってはいるものの、何かに掴まらなければ歩けない状態だ。

「呼んでください」

真二は素直に好意に甘えた。

タクシーが来るまで、入り口近くの椅子《いす》に座り、店主が出してくれた冷たい水で、体の火《ほ》照《て》りを冷ます。

いい店を開発できたなと真二は酔った頭で思う。また高城に教えられる店が増えた。

「タクシー、来たよ」

店主に肩を叩かれ、真二は覚束《おぼつか》ない足取りで店を出た。

停まっているタクシーに乗り込むと、

「根岸《ねぎし》に行ってください」

思わずそう言っていた。

酔いが意識を混濁させ、その結果、真二の頭に残ったのは、ただ高城に会いたい、それだけだった。

何度か高城を送り届けたことがある。酔っていてもタクシーに指示を出すことはできた。無事に到着したタクシーから降り立ち、高城のマンションを見上げる。部屋まで上がったことはない。けれど、部屋の場所だけは聞いていた。三階の右端。今、その部屋は明かりがついていて、高城が在宅していることを教えてくれている。

エレベーターで三階まで上がり、高城の部屋の前に立つと、真二はすぐさまインターホンを押した。

「はい？」

しばらくして警戒するような高城の声が聞こえてきた。

「俺です。諏訪内です」

「ちょっと待ってろ」

高城は真二の突然の訪問に驚いたようだったが、すぐにドアを開けてくれた。

「ずいぶんと酔ってるみたいだな」

高城は呆れた顔で、それでも真二を部屋に招き入れてくれる。

「そこに座ってろ。今、水を持ってくる」

リビングまで通すと、真二にソファーに座るよう言い、高城はキッチンに向かった。真二は言われるまま腰を下ろす。

初めて入った高城の部屋は、その性格を物語るように無駄な装飾は一切なく、綺麗に片づいている。真二の部屋とは大違いだった。

「ほら」

高城がグラスを手に帰ってきた。

「すみません」

真二は手渡されたグラスの中身を一気に飲み干す。そして、そのグラスをテーブルの上に置くと、

「高城さん」

「なんだ？」

「別れてください」

「なんだって？」

高城が呆気《あっけ》にとられた顔で、言葉の意味を問い返す。

「高城さんを左遷させるような上司とは別れてください」

「何を言ってるんだ」

「俺は頼りがいもないし、なんの力もないですけど、でも、高城さん一人を遠くに行かせるようなことはしません。だから、俺にしてください。俺、頑張りますから」

真二は酔っぱらった勢いで高城に想いを打ち明けた。

告白するつもりなどなかったのに、高城の顔を見ていたら、堰《せき》を切ったように言葉が次から次へと溢《あふ》れてくる。酔いのせいか、情けないことに涙まで出てきた。

「何をどう頑張るのか知らないが」

高城は大きな溜息をついた。

「俺の転勤理由に妙な噂が出てるのは知ってた。まさか、お前までその噂を信じてるとは思わなかったけどな」

「信じてはなかったんですけど、でも、今日、すごく笑ってたから」

脳裏に焼きついて離れない、今日の光景を思い出す。

「やっぱり来てたのか」

「知ってたんですか？」

「庁舎の駐車場に見慣れたバイクが停まっていた。なのに姿が見えないからおかしいと思ってたんだ」

真二はようやくバイクの存在を思い出した。

「不法駐車だと騒ぎになりかけてたから、一日置かせておいてくれと頼んでおいた。明日、取りに行くように」

「すみません」

真二は謝るしかなかった。

「話を戻すか」

「はい」

「何を見てどう思ったのか知らないが、確かにあの人は俺の大阪高検時代の上司だ。けど、お前が思っているような関係は何もない。同じ関西人同士、喋《しゃべ》っていれば関西弁になって当然だろう」

「でも、高城さんに会いに来たんですよね？」

「東京に出張に来たついでだと言っていた」

ついでと言っても東京横浜間はそれほど近い距離でもない。ただの上司がわざわざ会いに来るだろうか。真二はまだ疑いを捨てきれず、上目遣いで立ったままの高城を仰ぎ見る。そんな真二に、

「俺の様子を見に来たんだ」

言いづらそうに高城が言葉を繋《つな》げた。

「心配して？」

「確かに心配はしてるだろうが、違う意味でだな。俺が余計なことを喋ってないか、それを心配してるんだ」

「噂のことですか？」

真二がそう尋ねると、高城はフッと笑う。

「噂っていうのは思いも寄らない方向に広がっていく。もっとも、はっきり言わなかった俺が悪いんだが」

「本当は違うんですか？」

「当たり前だ」

高城は少しムッとした顔になって、

「大阪高検にいた頃、やたらと俺にちょっかいを掛けてくる上司がいたんだ」

「さっき一緒にいた人？」

「いや。あの人は大阪高検でも上から何番目ってくらいに偉い人で、俺が言ってるのは俺の直《ちょく》の上司に当たるハゲ親父のことだ」

よほど嫌いな上司だったのか、高城の口調は苦々しいものになる。

「俺はこんな見てくれだから、そういう意味でちょっかいを掛けられることもなくはなかった。でもな、さすがに上司相手に露骨に無下にもできなかった。その態度がまずかったんだろう。ある日、職場の飲み会だと言われて行ったら、その上司しかいなかった。俺にだけ違う場所が教えられてたんだ。料亭の離れっていうよくできた状況でな」

「それで、あの」

真二は思わず息を呑《の》んだ。

「殴り飛ばした」

「誰が誰を？」

「俺が上司を」

真二は高城の細身の体を改めて見つめる。この体に殴るという言葉はあまりにも不似合いだった。

「結果、上司は鼻骨骨折。曲がった鼻は隠せない。誤魔化しようがなかった」

「でも誰が殴ったかなんて」

「わかるんだよ。上司が前々から俺にちょっかいを掛けてたことは、周りはみんな知ってた。災難だなって言われたこともあるくらいだ。それに、俺が昔ボクシングをやってたこともみんな知っている」

「ボクシング？　高城さんが？」

「似合わないって言いたいのか？」

「ボクサー姿が想像できないです」

真二は正直に感想を伝える。

「待ってろ」

高城はリビングから続くもう一つの部屋に消えた。そして、再び現れたとき手には一冊のファイルが握られていた。

「見ろ」

高城が中を開いて見せる。

そこにはいろんな雑誌や新聞の切り抜きがファイルされていた。その中の一枚に真二は目を留めた。リング上でガッツポーズを取っているボクサーがいる。写真の横に並んだ文字には、『高城幹弥《みきや》、全日本学生チャンピオンを防衛』と書かれていた。よく見ると写真のボクサーは若い頃の高城だった。

「しかもチャンピオンだったんですね」

「アマチュアのだけどな」

そうは言いながらも、高城はどこか自慢げだった。そんな高城を真二は少し可愛く思う。

「もしかして、ぼったくりバーのとき」

西越から聞かされた話を、真二は思い出した。あのとき、もしかしたらと思ったことは正解だった。

「軽くしか殴ってないぞ」

「俺が殴ったことになってるんですけど」

「それは、悪かったな」

高城の謝罪に、

「あ、いえ、犯人逮捕に必要なことでしたから。それより」

真二は話の先を促した。

「元ボクサーの検事なんて珍しいから、高検では俺がボクシングをしてたことは有名だったんだ」

「だから、鼻の骨を折るほど殴ることのできる人と言えば」

「俺ってことになるだろう？」

真二の言葉を高城が続ける。

「誰も面と向かって聞いては来なかったが、すぐに噂になった。そのときだ、さっきの上司に呼び出されたのは」

高城はそのときのことを思い出すように軽く目を伏せた。

「真相を問われて、俺は正直に話した」

「だったら、どうして高城さんが左遷されるんですか？」

「左遷じゃない。ただの異動だ」

「でも、高検から地検に行くのは珍しいって聞きました」

だから、あんな噂がもっともらしく広まったのだ。

「セクハラ上司が左遷されてみろ。噂は本当だってことを証明したことになるだろ」

「本当のことなんだからいいじゃないですか」

「セクハラ親父の将来はどうでもいいんだ。お偉方が気にしたのは検察庁の体面。事が表沙汰《ざた》になれば、検察庁の面子《メンツ》は丸つぶれになる。だから、そんな事実はなかったんだと思わせるために、俺を異動させることにしたんだ」

「納得したんですか？」

「俺にも人並みの出世欲はある。すぐに階級を上げて呼び戻すと言われれば、上司に恩も売れるし断る理由はないからな。それに、検事の仕事に場所は関係ない」

こんな簡単に解ける誤解なら、噂を聞いたときすぐに聞いておけばよかった。真二はそう思いながらも、誤解だったことに安心する。

「地検で会っていたのはそのとき説得してきた上司だ」

「そうだったんですか。よかった」

真二はホッとして肩の力が抜け、気が緩んだ体はソファーに倒れ込む。

「おい、諏訪内」

高城の声を心地よく感じながら、真二は目を閉じた。

「そろそろ起きたらどうだ」

頭上から降ってきた声は、寝とぼけた真二の耳に心地よく響く。

「七時を過ぎたが、仕事に行かなくていいのか？」

重ねて聞こえる声に、その内容を理解しようと酒が残って鈍る頭を回らせた。

「高城さん」

真二は慌てて体を起こした。ソファーで眠ってしまったらしく、高城が掛けてくれたらしい毛布が体を覆っている。

「おはよう」

高城が真二を見下ろしている。高城はスーツではないものの、ちゃんとした身なりをしていた。対する真二は夜勤明けの服で、しかもそのままで寝たせいで、向かい合うのが恥ずかしいくらいによれよれだった。真二は乱れた服をできるだけ直し、立ち上がる。

「おはようございます」

「よく眠れたようだな」

「すみませんでした」

真二は直角を超えるほどに頭を下げた。

「お前はもう酒を飲まない方がいい。酒は飲まれるもんじゃなくて飲むものだ」

高城の言葉に真二はさらに小さくなる。

「それに俺は酔っぱらいの相手は好きじゃない」

「確かに、昨日は酔ってましたけど、でも昨日のことは全部覚えてます。俺が言ったことは嘘じゃありません」

そう言わなければ昨日の話が全部、嘘になりそうで、真二は慌てて言った。

「なんの話だ？」

「高城さんを好きだってことです」

真二の告白に、高城がスッと視線を逸らす。

「そんなことは言ってなかった」

「あれ、言わなかったですか？」

「上司と別れろとは言ってたがな」

真二は改めて昨日のことを思い返す。酔ってはいたが、記憶が途切れていたりはしていない。この部屋を訪ねたところから、順番に思い出していく。そして、全てを思い返したとき、肝心な言葉を口にしていないことに気付いた。

「好きです」

真二はまっすぐに高城を見つめて、改めて告白した。

「高城さんが俺のことをなんとも思ってなくても、俺は高城さんが好きです。だから、大阪に帰らないでください」

「まだ酔いが抜けてないんじゃないのか。俺の異動は俺が決められることじゃない」

高城が真二を諭そうとするが、その言葉には関西弁のアクセントがあった。興奮すると出てしまうという関西弁を、高城は隠しきれていなかった。

「だいたい、お前が急に来るから。俺は異動の理由を誰にも話すつもりはなかったんや。誰に誤解されようが仕事に支障がないんやったら、それでええと思てた」

完全に関西弁に戻った高城は、自分の言葉にハッと気付いたように、慌てて真二に背中を向けた。

「コーヒーでも淹《い》れてこよう」

取り繕った言葉は、赤くなった高城の首筋を隠してはくれなかった。

真二には誤解されたくない。さっきの高城の言葉はそう聞こえた。高城が自分に好意を持ってくれているかもしれない。真二はその可能性に懸《か》けた。

「殴られても構いません」

高城の腕を取って抱き寄せた。高城が殴ろうと思えば、きっと抱き寄せる前に真二は殴られていただろう。けれど、高城は真二にされるがまま、その胸の中に収まった。

「大丈夫ですか？」

「何がやねん」

すっかり関西弁が表に出てきた高城が、真二の胸の中で問い返す。

「殴りたくならないですか？」

「触られたら殴りたなる病気やないねんから、そないにしょっちゅう人を殴らへん。それにあのときは頭ハゲ散らかした親父が、やらしい手つきでケツを撫《な》で回すからやな」

「な、撫で回す？」

真二は驚いて高城の顔を覗《のぞ》き込んだ。

昨日の説明では、ハゲ親父とやらを殴ったことまでは聞いたが、詳しい状況は聞かされていなかった。高城は当時のことを思い出したのか、嫌そうに顔を歪《ゆが》めている。

もし高城が日本を制した拳《こぶし》を持っていなければ、それだけでは済まなかったかもしれない。

そう思っただけで、真二の心臓は痛くなる。

「よかった。高城さんがチャンピオンで」

「元、やけどな」

高城が真二を見上げて笑う。

この笑顔にキスしたい。そんな衝動に真二の鼓動は一気に加速する。思わず生唾を飲み込む。

キスをすれば今度こそ殴られるかもしれない。真二の心の中の葛藤《かっとう》に気付いたのか、高城の方が先に目を閉じた。

真二はおずおずと顔を近づけていく。身長差十センチの高城の唇は、ちょうどキスをしやすい高さにあった。

軽く触れてみる。滑らかな唇の感触がもっとと真二を誘う。

真二は閉ざされた唇の先を舌で突いてみた。真二に応えるために高城の唇が薄く開き、高城の手が真二の背中に回される。

そこからはもう夢中だった。貪《むさぼ》るように高城の口中をまさぐる。一滴の唾液でさえも残したくない。激しい口づけに互いの唇の間から唾液が漏《も》れる。それさえも真二は舐《な》め取った。

そうして離れた唇は、まるで磁石が引き合うようにまた重なり合う。

長いキスだった。惜しみながら離れたときには、互いの顔は上気し、肩で息をするほどになっていた。

「あの、ベッドに行きませんか？」

真二は最大限の勇気を振り絞って、高城を誘った。

「それはあかん」

あっさりと却下され、真二は項垂れる。

「ちゃうて。そうやのうて、寝室は隣の声が筒抜けなんや」

高城の部屋は三階の角部屋だ。今二人がいるリビングがマンションの外壁側になり、真二がまだ開けたことのないドアの先が寝室なのだろう。構造的に寝室同士がくっついていることになるようだ。

「週末とか結構激しいのが聞こえてきてな」

「てことは」

「そやから、もし、あの」

珍しく高城にしては歯切れが悪い。

「もしやけど、俺が声なんか出してしもたら、隣にも聞こえてまうから」

高城がどんな声を出すのか。想像だけで真二は目眩《めまい》を起こしそうになる。それをなんとか堪《こら》え、

「ここなら、いいですか？」

真二はソファーに座り、高城の手を取って問いかける。

「お前、仕事は？」

こんなときでも高城は高城らしかった。

「夜勤明けで非番です。高城さんは？」

「今日は祝日や」

高城はそう言って真二の隣に座った。

ソファーに並んで座り、見つめ合う。

真二が手を伸ばそうとしたとき、高城が口を開いた。

「手、縛ってくれへんか？」

高城は赤い顔で両手を真二に差し出す。

真二は驚いてまじまじと高城を見つめた。

「アホか。誤解すんな。そんな趣味とちゃうわ」

真二の表情を見透かして、高城が怒鳴る。

「やんのは構へんねんけど、はずみで殴ってまいそうやから」

「俺は別に殴られても」

高城になら殴られても構わない。骨を折られても本望だと思える。

「お前を殴りたない」

真二がどんなことをしても受け入れると、高城はそう言ってくれていた。

「手を背中に回してもらっていいですか？」

「前やとあかん？」

「抱き合うのに邪魔だから」

真二の言葉に高城は言葉をなくしながらも、それでも黙って背中を向け両手を後ろに回した。

真二は縛る物を探して、部屋の中に視線を巡らすが、適当な物が見あたらない。早くしないと高城の気が変わるかもしれないと気ばかり焦る。

「あ、そうか」

咄嗟に思いついて、着ていたシャツを勢いよく脱いだ。

「諏訪内？」

高城が首を巡らして真二を見る。上半身裸になった真二に、高城は慌てて目を逸らせた。

「これだと手が傷つかないと思うんです」

脱いだシャツの胴の部分で高城の両の手首をまとめて包み、袖《そで》の部分できつすぎない程度に縛った。

「取れなさそうですか？」

「ああ、たぶん」

高城は振り返り、また目を逸らす。

「高城さん？　どうかしたんですか？」

「どうかもするわ。なんで俺が男の裸見て照れなあかんねん」

顔を真っ赤にしてぼやく高城を、真二は可愛く愛おしいと思う。

「俺も見ていいですか？」

「な、何を？」

「高城さんを」

高城は黙って頷く。

真二は俯《うつむ》いたままの高城のシャツのボタンに手を掛ける。だが、緊張と興奮で手が震えて、なかなかボタンを外すことができない。

「すみません。後で弁償しますから」

そう言うと、真二は一気にシャツを左右に引き裂いた。高城がボクサーだったのは昔の話、それなのに今も現役であるかのように、無駄な肉の一切ない引き締まった体に、真二は目を奪われる。

「落ち着け、諏訪内」

「無理です」

真二は即答した。

「ずっと好きだった高城さんが目の前にいて、それで触れることができるって状態で、どうやったら落ち着くことができるんですか」

真二の真剣な表情に、高城も言葉をなくす。

真二は再び高城に顔を近づけた。今度は真二の方が先に目を閉じて、高城に口づける。抱き返してもらえないことは寂しいが、その代わりに高城から口を開いて誘ってくれた。絡み合う舌に互いの想いが交錯する。

高城のシャツを肩から落とし、剝《む》き出しになった首筋、肩口、鎖骨のくぼみと、真二はキスの雨を降らせていく。滑らかな高城の肌の感触は、真二の唇にもっと先をと促しているようだった。

「夢みたいです」

真二はうっとりとして呟《つぶや》く。

高城の肌に触れる日が来るなんて、夢にも思わなかった。

「そんな感想はええから」

高城の声に真二が顔を上げると、高城が横を向けて、居心地悪そうに身を捩《よじ》る。

「やっぱり、嫌ですか？」

「そうやのうて、なんか落ち着かん」

「急いでやりますから」

「そんなやっつけ仕事みたいにされても」

高城はプッと吹き出す。

「なんか色気ないな」

「そんなことありません」

真二の視線は、高城の胸元に注がれる。高城の胸の飾りが固く尖《とが》って真二を誘っていた。

高城も真二の視線に気付いて口を閉ざす。

真二は高城の体をゆっくりとソファーの上に押し倒すと、再び胸元に顔を近づけていく。

「ふぅ……」

舌で先端を突くと、高城の口から小さい息が漏れた。

「これ、気持ちいいですか？」

少しでも高城のいいところを知りたくて真二は尋ねる。けれど、高城の返事はない。

「ダメですか」

真二はそれならと今度は指の腹で突起を擦《こす》り、さらにより尖りを引き出すように指でつまみ上げた。

「……んっ……」

高城の体が快感を伝えるように微《かす》かに震えた。

もっと感じさせたい。

真二は右の胸を手で弄《もてあそ》びながら、左の胸に再度口を近づける。突起を歯で軽く噛《か》み、引っ張りながら舌先で突く。

「や……あ…」

甘い声が高城の口から上がった。

「こっちの方がいいですか？」

真二の問いかけに、高城は唇を引き結んで首を横に振る。

駆け引きなどしたことのない真二は、無意識に言葉で攻めて、高城に羞恥《しゅうち》を与えていることに気付かない。

「え、でも」

「ええ加減にせえ」

高城が顔を上気させたまま怒鳴った。

「俺がどんなになっとんのか、見たらわかるやろ。いちいち聞いてんと、ちゃっちゃとせんかい」

「はい、すみません」

怒鳴られると謝る。それはもう条件反射だった。

真二は高城の言葉を確かめようと、その中心に目を遣《や》った。ジーンズの上からでも盛り上がりがわかる。

今度はもう尋ねたりはしなかった。

真二は手間取りながらも高城のジーンズを下着ごと引き下ろした。全てを曝《さら》け出した高城の中心には、自分と同じモノが熱く息づいている。

「ちょっ、諏訪内」

悲鳴に近い高城の声が頭上で聞こえる。

真二は高城の中心を口に含んだ。もちろん、真二は今までに男のものを口にしたことはない。けれど、今はこうするのが最も自然なことだと思えた。

口の中の高城は熱く、先端から滲《にじ》み出るその苦みでさえも愛おしいと感じる。

もっと高城を感じさせたくて、喉《のど》の奥まで引き入れ、中程まで引き出す動きを真二は繰り返した。

「あ……はぁ……」

高城の口から隠しようのない熱い吐息が漏れ始める。それは高城が隣には聞かせたくないと言っていた声だった。高城がそのことに気付いてくれてよかった。真二も誰にも聞かせたくない、自分だけのものにしたいと思う。

高城が自分の口の中で、自分の行為で高ぶってくれている。それだけで、真二の中心は熱くなってきた。ジーンズの前が苦しくなり、片手でボタンを外しファスナーを下ろす。口の動きはそのままに、両手でジーンズを太ももまで下げると、解放された自身が固く勃ち上がり天を突く。

限界はそこまで来ていた。

真二は顔を離すと、高城の両足を抱えて、その奥に自身を突き当てた。

「いっ……、無…理」

高城が悲鳴を上げた。

閉ざされたそこは先端すら受け入れてはくれない。高城の目には涙が滲み、高ぶっていた中心もすっかり鎮《しず》まっている。

真二は慌てて腰を引いた。

「いきなり、それは無理やろ」

高城が涙目で真二を諭す。

「すみません、つい」

「同じ男やから気持ちはわかんねんけど」

高城は猛《たけ》った真二の中心を一瞬チラッと見て、

「その大きさはそんな簡単には」

すぐに視線を逸らす。

簡単には無理でも努力すればなんとかなるのかと、真二は辺りを見回した。テーブルにハンドクリームが置いてあるのが目に入る。

「これ、お借りします」

真二はそれを手にすると、もどかしくキャップを外し中身を指先に押し出した。

「行きます」

今度は焦らず、指先を押し当てた。クリームを塗り込むように丁寧に入り口を揉《も》みほぐしていく。高城の顔を見ながら、少しでも苦痛を訴える表情をしたらやめようと、慎重に指を動かした。

指先がほんの少し中に入った。

「…っん……」

高城が僅かに眉根を上げる。けれど、それは痛みを訴えるものではなかった。真二はさらに指を慎重に奥に沈めていく。

真二の視線の先で、人差し指が根本まで呑み込まれる。

「アホ、……じろじろ……見んな」

浅い呼吸を繰り返しながら高城が言った。

「でも」

高城に命令されても、どうしても目が離せない。真二の指を呑み込んで、その中はひくついている。中にあるのは指なのに、まるで真二自身を呑み込まれているようで、真二の中心は熱く張りつめる。

真二はゆっくりと指を掻き回した。

「う……ん……」

高城が微かに身じろいだ。まだ苦痛を訴えている様子はない。真二はさらに慎重に中指も差し込んでみる。指を二本呑み込んで、高城のそこが少し広がった気がする。

あと少し、もう少しで自身を受け入れてもらえるかもしれない。そんな想像が中心を熱くさせた。

真二は我慢できずに自らの中心に手を伸ばした。高城の中に指を埋めたまま、空いた左手で擦り終わりを促す。

「うっ……」

真二は低く呻《うめ》いて手のひらを汚した。

「お前、何やって」

高城がそれに気付いて驚いた声を上げる。

「すみません。我慢できなくて」

「アホや」

高城は吹き出し、そのせいで中に入っている真二の指を締め付け顔を顰《しか》める。

「大丈夫ですか？」

高城は深呼吸してから頷く。

「もうちょっと我慢できたらよかったのに」

「それって」

真二はゴクリと唾を飲み込む。

「たぶん、もう大丈夫や」

その一言で達したばかりの自身が再び天を突く。

「ゆっくりやぞ」

「はい」

真二は指を引き抜くと、代わりに自身を押し当てた。

「くっ……」

さっきとは違い、先端は呑み込まれた。それでも指とは違う質量に、高城の顔が歪む。真二は焦らなかった。こんなに苦しい表情を見せながらも、真二を拒絶する言葉を口にしない高城を傷つけないために、自分の欲望だけを満たすことはしたくなかった。

全てを埋め込むまでに、ずいぶんと長い時間が掛かったような気がする。高城だけでなく、真二も額に汗を滲ませている。

高城が大きく息を吐き、その間に真二は最後まで自身を高城の中に沈めた。

「入った。入りましたよ、高城さん」

「そやな」

高城は苦しげに掠《かす》れた声で答える。

「セックスいうんが……快楽を求めるだけやなくて一つになることなんやて、……この方がようわかるわ」

「高城さん」

真二は嬉しくなって高城を抱き締める。

しばらく真二はそのまま、ただ高城を抱き締めたままでいた。

「諏訪内……」

胸の中で高城が呟く。

「入れたら……終わりやないやろ」

真二は音がするほど大きく唾を飲み込んだ。

ただでさえ、高城の中は熱くて狭くて、高城のセリフではないが、入れただけでイッてしまいそうだった。既に自分だけが先走っている。今度は高城と一緒にイキたかった。

真二は改めて高城の足を抱え直す。

「……っ…」

少しでも動きを加えれば、高城が苦しげに表情を歪める。それでももう止まらなかった。腰を引き、高城の中から半分だけ抜け出たそれを、すぐにまた突き入れる。真二は何度もその動きを繰り返した。

「んっ……く…ぅん……」

高城の声は快感を伝えるというより、苦痛を逃がすために息を吐くのと同時に声が出ているようだった。

真二は高城の足を摑んでいた両手の内、左手だけを離し、その空いた手を高城の中心に伸ばした。

「ん……ぅふ…」

高城の口から甘い響きを含んだ息が漏れる。

真二は萎《な》えていたそれを柔らかく揉みながら、高城の左足を大きく開かせ、そして、また突き上げた。

「あっ、……ああ……」

角度を変えて貫かれ、高城の口から今までとは違う熱い声が漏れた。

「ここですか？」

高城が甘く喘《あえ》いだ場所を、真二はもう一度突き上げた。

「そこ……は、……あかん…」

切れ切れの言葉で高城が訴える。

「どうして」

真二がまた突く。

「おかしなるっ…」

高城の腰が跳ねた。真二の律動が高城を狂わせる。

ソファーから落ちた高城の右足は、何かを探すように宙を蹴り、真二の肩に担ぎ上げられた左足は何かを訴えるように真二の背中を蹴る。

「高城さん」

真二が熱くその名を呼ぶと、高城は涙で潤《うる》んだ目で真二を見上げる。

「すみません。また、俺、イキそうです」

自分ばかりが先走る。わかっていても、高城の熱さに呑み込まれる。

高城の口が微かに動いた。

「なんですか？」

真二が顔を近づけると、その動きでまた高城が甘く呻く。

「……も…」

まだ聞き取れずに、真二はさらに顔を近づけた。もう耳が高城の唇に触れそうだった。

「俺も…イク」

微かに聞こえた声は、限界を訴えていた。

真二は手の中の高城を追い上げ、自らも高城の中で追い上げる。

互いの呼吸が大きく聞こえ、それから二人は同時に果てた。

真二が満足感と解放感で高城を見下ろすと、高城はぐったりとして肩で息をしている。

真二はゆっくりと自身を引き抜き、高城の背中を片手で持ち上げ、腕を縛っていたシャツを解いた。その動きが余計に高城に衝撃を与えた。高城が顔を歪め、ドロッとした白濁が高城の足の付け根を汚す。

それは扇情《せんじょう》的な光景だった。

気怠《けだる》げな様子でソファーに体を横たえた高城は、その方が楽なのか、体勢を変えるのが辛《つら》いのか、左足は軽く膝《ひざ》を立て、右足は床に落としている。そしてその両足の間からは、真二が放ったものが光を放っていた。

その姿を目にしただけで、真二はまた体が熱くなるのを感じた。

「ええで、来ても」

啼《な》きすぎたために掠れた声で、高城が呟くように言った。さすがの真二もその言葉の意味がわからないほど鈍くはない。

「でも」

高城から誘われても、あまりに疲れた高城の様子に、真二は突っ立ったまま動けない。

「男っちゅうのは損やな。隠されへん」

ジーンズを下げたままの真二の中心は、力を持って上を向いている。高城の視線で真二もそれに気付く。

「一遍も二遍も同じや」

「もう止まりませんよ」

真二の顔が男の顔になる。邪魔なジーンズは下着ごと脱ぎ捨てた。

真二はソファーに膝を突き、高城の体を抱き上げた。高城は自由になった手を、真二の肩に添える。

「いくらでも殴ってくれていいですから」

「殴る体力なんか残ってへん」

力のない声がそれを物語っている。

真二は抱き上げた高城の腰を摑んだ。そして、その手に力を込めて膝立ちさせるように高城の体を持ち上げる。それが何を意味するのか、気付いた高城は目を伏せた。

「あ……ぅん…」

高城の体に深々と呑み込まれる。

「すごい、柔らかくなってる」

真二は思わず感想を漏らす。それほど高城の中は抵抗なく真二を受け入れた。真二が腰を突き上げても、熱い締め付けは柔軟な反応を返す。

「はぁ…あ……ん」

切なげな声が耳元で響く。

「痛くないですよね？」

真二の問いかけに、頷いた高城の顎が真二の肩に当たった。その答えに真二の動きが激しくなる。

腰を摑んで上下に揺さぶられ、高城は切れ間なく喘がされる。休息はない。絶え間なく与えられる快感に、高城の理性は残らず飛んだ。

いつのまにか、高城自ら真二の動きに合わせて腰を動かしていた。高城も気付いていないだろう。真二にも気付く余裕はない。

高城の呼吸はスピードを加速し、滴《したた》り落ちた汗が真二の肌を濡《ぬ》らす。

「もう…どうにか……してくれっ」

早くイキたいと高城が訴える。

真二はそれを無視して喘ぐ高城の口を塞いだ。これだけ深く繋がっているのに、もっと高城と繋がりたいと、激しく口中を貪るキスで、高城の呼吸すら奪ってしまう。

背中に回っていた高城の手の感触が消えた。顔を離した真二は、高城の手の行方を探す。

高城は自ら中心に手を絡めていた。真二が高城の中に夢中になっていた間、放っておいた高城の中心は、先端から蜜が滴り出していた。そのことに気付かなかった後悔よりも、高城が自らを慰める姿に煽《あお》られる気持ちが勝った。真二が突き上げると、その快感を逃そうと高城が指を動かす。

真二の限界は近かった。今度こそ高城より先にはイカないと、真二はひときわ大きく高城を突き上げた。

「ああっ……」

高城は叫びながら達した。高城の手が濡れて光っている。

真二はそれ以上我慢できず、力をなくした高城の中に解き放った。

高城は意識を飛ばしているようだった。真二の胸に体を預けて、ただ荒い呼吸を繰り返している。しばらくはこのままそっとしておきたい。でも、それでは真二がまた危ない状態になりそうだった。

真二は高城の腰を摑んで、ゆっくりと持ち上げ自身を引き抜いた。

高城はその動きで気が付いた。ぼんやりとした視線が、やがてはっきりとした光を取り戻して真二を見つめる。

「すみません」

真二はソファーから下りて、高城の顔の前に正座した。

「それはなんの謝罪や」

気怠げでありながら、高城の声が険しい。

「俺と寝たことが間違いやったて？」

高城の言葉で、真二は気付かされる。セックスの後の謝罪にろくな意味がないことを。

「そうじゃなくて」

真二は慌てて、

「俺、夢中になって、高城さんのことを気遣う余裕なくて。それで、自分勝手なやり方で高城さんに無理をさせたんじゃないかって」

「アホか。そんなん気にするくらいやったら、初めから縛ってくれなんて言うてへん」

「怒ってないですか？」

「それ以上、アホなこと言うたら怒る」

「もう言いません」

「よし」

高城が笑って手をさしのべ、子供にするように真二の頭を優しく撫でた。もっと撫でてほしくて頭を下げると、視線の先に真二が引き裂いたシャツが映った。

「今度、高城さんが服を買う店に連れて行ってください」

「服？」

問い返してから、高城も破れたシャツの存在に気付く。そして、緩慢な動作で上半身を起こした。

「大丈夫ですか」

「ああ」

高城は役に立たなくなったシャツを脱ぎ、床に落とす。

「あの状況で弁償なんて言葉が出るとは思わんかったわ」

「焦ってたから」

「焦りすぎやで」

笑う高城の顔に、いつもとは違う艶《つや》を感じ、真二はドキッとする。おまけに高城は全裸だった。

真二は慌ててソファーの下に落ちていた毛布を拾い、それを高城に被《かぶ》せる。

「えらい気がつくんやな。でも、別に寒ないで」

「俺が目の遣り場に困るから」

高城は全裸だったことを思い出して、自分で毛布を肩まで引き上げた。それから、

「お前も入れ。俺かて困る」

同じく全裸の真二から目を逸らして言った。

「はい」

真二は高城の隣に体を滑り込ませる。

ソファーの上で並んで座り毛布を被る姿は、端《はた》から見れば滑稽《こっけい》な光景かもしれない。けれど、真二はそれが幸せだった。

「縛ってもろててよかったわ。そやなかったら、確実に四、五発は殴ってる」

「すみません」

「謝らんでもええ。嫌やなんて言うてへんやろ」

高城が少し赤い顔で、

「そやけど、まだしばらくは縛っとかんとあかんやろな」

「それって、また次もあるってことですか？」

嬉しさのあまり勢い込んで尋ねる真二に、

「アホか。そういうことは言葉にせんと黙って察しとけ」

高城は赤い顔を隠すように横を向いた。

その背中を抱き締めたくて、肩にそっと手を添えたものの、

「あの」

許可を得ない行動に自信がなくて声を掛けた。

「そやから黙って」

「察するんですね」

真二が高城の体に腕を回すと、その腕に高城がそっと手を添える。

「高城さん」

「なんや？」

高城が背中を向けたまま答える。

「大好きです。愛してます」

真二の告白に、高城の全身が朱に染まる。

「えっと、照れてます？」

「関西人はそういう言葉に慣れてへんのや」

「関西弁の高城さんって、いつもと別人みたいですね」

「いつもの方がええか？」

「どっちも大好きです」

真二は即答する。

「俺、すっごい得してると思います」

「別人みたいってことは、高城さんが二人いるみたいじゃないですか。てことは二人分好きになれるんですよ。他の人よりも二倍多く好きになれるってことです」

だからこんなに高城のことが好きなのかと、真二は自分の言葉で納得させられる。

「別にええねんけどな」

高城の声に苦笑が混じっている。

「なんですか？」

「お前が幸せそうでよかったっちゅう話や」

「はい、幸せです」

真二は満面の笑みで答える。それからふと不安になって、高城の顔を覗き見た。

「高城さんは？」

「まあ、そうなんとちゃうの」

「そうってどういう意味ですか？」

「いちいち聞くな」

抱き締められている高城は、その頭を使って真二の顎を攻撃する。

「痛っ」

突然の攻撃に思わず声が出た。

「得？」

「ボクサーの拳を使わへんかっただけ、ありがたいと思え」

「はあ、ありがとうございます」

真二は顎をさすりながら、

「高城さんって、結構乱暴なんですね」

「今頃気付いても遅いわ。返品不可やからな」

偉そうな言葉も、赤い顔では迫力がない。ただ愛おしさが募るだけだ。

「一生、大事にします」

真二は愛しい背中をギュッと抱き締めた。

6

村川が難しい顔で真二を眺めている。

「どうしたんですか？」

真二はその顔の意味を尋ねた。

「不景気な面されんのもなんだが、そこまで脂下《やにさ》がった顔もどうかと思うぞ」

「俺、そんな顔してます？」

「そんな顔しかしてない」

非番の明けた今日、真二の顔は朝から締まりがなかった。高城と想いが通じ合ったばかりで仕方のないこととはいえ、事情を知らない村川にしてみれば、一日で激変した真二の顔はさぞ気持ち悪いことだろう。

「なかなか有意義な休日を過ごしたみたいじゃねえか」

「はい」

真二は力強く頷く。

「おい、今のはものすごーく下世話な意味が込められてんだぞ。何を素直に頷いてんだ」

二人の会話を聞いていた田坂が、真二の頭を丸めた新聞紙でポンと叩く。

「そうなんですか？」

真二が村川を見ると、村川は疲れたように肩を落としていた。

「お前に言葉の裏を読まそうとしたのが間違いだった」

「えっと、それはもしかして馬鹿にされてます？」

真二が尋ねると、田坂が吹き出す。

「ちょっとの間で成長したもんだ」

刑事課に配属されて、一ヶ月あまり、真二の刑事課の中でのポジションが確立されてきた。ちょっと間の抜けた可愛い新人。気付いていれば真二も不本意だろうが、気付いていないから問題はない。

刑事課には不似合いなほのぼのとした空気が流れる中、それを壊すようにドアがノックされた。

「失礼します」

馴染み深い声とともにドアが開いた。

「おや、高城検事」

入ってきたのは高城と補佐官だった。

「今日はまたどんなご用で？」

にやついた顔で刑事たちが出迎える。その表情から、例の噂をまだ忘れていないことが容易に窺えた。

「先日の桜木町《さくらぎちょう》の傷害事件、私が担当になりました」

「ああ、あれか」

村川が答え、真二もすぐに該当の事件を思い出す。交際していた女性に、男性が街中で刺された事件だ。

「動機が痴情《ちじょう》のもつれでしたね」

田坂が村川に確認を取るように言った。

「ああ、不倫の果てに、な」

思わせぶりに答えた村川に、田坂がニヤニヤと笑う。それから、今度は高城に向かって、

「検事もホシの気持ちがわかるんじゃないですか」

田坂の言葉に高城が僅かに眉を上げた。

「不倫でうまくいくことなんかないですよね？」

「何を仰《おっしゃ》ってるのかわかりかねますが」

「そういえば、この間、訪ねてきてたそうじゃないですか。焼けぼっくいになったりとかしないんですか」

相手にしてられないとばかりに、高城が冷たい顔で溜息をつく。

田坂だけでなく、他の刑事たちも面白《おもしろ》そうに成り行きを見守っている。真二だけが胸を痛

めていた。

　こんなことで高城に同僚刑事への印象を悪くしてほしくない。刑事課に来てまだ日は浅いが、口は悪くても人の悪い人間はいないことは知っている。高城とのことも、ちょっとした行き違いでしかない。

　そう思ったとき、真二は口を開いていた。

「違います。高城さんは不倫なんかしてません」

「諏訪内、お前、何言ってんだ？」

　急に大声を出した真二に、誰もが驚き、代表するように村川が問いかける。

「あの噂はデタラメです」

「デタラメ？」

「高城さんはセクハラしてきた上司を殴り飛ばして、それで骨折させてしまったから異動になっただけです」

「諏訪内」

　高城の厳しい声が真二の言葉を遮る。

「君は本気で、私の出世の邪魔をする気なのか」

「すみません」

　口を滑らせたことに気付き、真二は慌てて頭を下げる。噂を立てられても高城が沈黙を守り通していたのは、後の出世を約束されていたからだった。

「でも、俺、高城さんが誤解されたままでいるのは嫌なんです」

真二は正直な気持ちを打ち明け、それから高城の表情を窺う。

「やっぱり出世したいですか？」

「それなりにはするつもりだったんだが」

高城の顔は笑っていた。

「まあ、できないならできないでいいかって気にもなってる」

「そうですよ。出世なんて運ですよ」

「諏訪内、それは違うと思うぞ」

高城が苦笑する。

「さっきから考えてたんだけどな」

すっかり二人だけの会話を成立させていた真二と高城に、村川がどちらにともなく言いかけた。

「高城検事の下の名前、確か、幹弥でしたよね？」

「そうですが」

「十年くらい前、同じ名前のアマチュアチャンピオンがいたんですが」

「私です。よくそんな昔のことを覚えてらっしゃいますね」

高城は村川の記憶力に驚いた顔をする。

「そうか、あのパンチをくらったんじゃ、骨折も当然だな。その上司もたまったもんじゃなかっただろう」

一人で納得したように、村川は笑い出した。

「村川さん、昔の高城さんを知ってるんですか？」

真二が尋ねると、

「おうよ」

村川は得意げに胸を張って頷く。

「この人、ボクシングマニアなんだよ」

刑事課では有名な話なのか、田坂が説明してくれた。

「強かったんですか？」

真二が尋ねると村川は嬉しそうに笑う。マニアというのは、自分の知識を披露することに喜びを感じるものらしい。

「当然だ。リングの貴公子と呼ばれながら、アグレッシブなファイターで、常にKO勝ちを狙《ねら》ってた。てっきり、俺はプロになるものだと思ってましたよ」

村川の後半の言葉は高城に向けられたものだ。

「アマとプロは違います。私がプロになるには、技術だけじゃない、プラスアルファの何かが足りませんでした」

「ハングリーさとか、そういうことですか？」

「そうですね」

高城と村川の会話に、真二がさっぱりわからない顔でいると、

「検事がプロになってたら、今のボクシング界に女性ファンが急増してたんだがな」

それに気付いた村川が、真二にもわかるような話題に変えてくれた。

「検事の試合は、会場に女が湧くっていうんで有名だった。ボクシングの試合会場で、しかもアマチュアで満員になったのって、検事の試合のときくらいだ」

「その頃からかっこよかったんですね」

真二はしみじみと感想を漏らす。

「噂はデマだってことはわかったが、お前、いつのまに検事と親しくなったんだ？」

「いつのまにって」

ずっと隠していただけに、刑事課勤務の初日から、二人で食事をした仲だとはとても言えず、真二は見るからに挙動不審な態度で言葉を探す。

「彼がこんな調子なので」

高城が助け船を出した。

「つい、引きずり込まれたというところでしょうか」

「なるほど」

いつからという問いには答えず、それでも相手を納得させる答えだった。誰もが納得したように頷く。

「高城検事、もしかして犬を飼ってませんか？」

村川が思いついたように尋ねた。

「犬、ですか？」

唐突な質問に、高城にしては珍しく問い返す。

「そうです、犬です」

「今は一人暮らしなので私は飼ってませんが、実家で両親が」

「犬種は？」

「シベリアンハスキーですが、それが？」

高城の答えに刑事課中は爆笑に包まれた。

「犬好きに悪い人はいないって言うしな、なあ、諏訪内」

「は、はあ」

真二は高城の顔色を窺いながらも、先輩の村川を無視もできず頷く。

「検事、おかしな誤解をしてすみませんでした」

村川が頭を下げ、刑事課全体がそれに倣《なら》う。

「いえ、はっきりと噂を否定しなかった私にも責任はあります」

高城は村川たちを責めはせず、謝罪を受け入れた。真二はひとまずホッとする。

「それはそれとして」

村川が話を元に戻した。

「あの事件で何か問題が？」

「送られてきた調書では、被害者と加害者が、不倫関係にあったという裏付けが取れていないようですが」

「裏付けって、どっちも認めてるじゃないですか」

「本人たちの証言のみでは信憑《しんぴょう》性に欠けます」

「被害者が嘘吐《つ》くって言うんですか？」

不倫相手に詰め寄られ、ナイフで刺された男は、全治二週間の怪我を負った。その被害者が嘘を吐く理由があるのか。村川の反論に真二も心の中で同意する。

「被害者は必ず真実しか話さないと？」

逆に高城に問い返され、村川が言葉に詰まる。

「たとえ被害者でも、自分に不利になることがあれば、話さないこともあります。そういったご経験は？」

長い刑事生活、その経験があるのだろう。村川が舌打ちした。

「犬好きだろうが、細かいのは変わってねえじゃないか」

そうぼやくと、

「おい、田坂、近藤《こんどう》」

「はい」

「裏付けに行ってこい」

名前を呼ばれた二人が刑事課を飛び出していく。

「わかって頂けてよかったです」

高城は満足げに言った。

「それだけのためにわざわざ？」

「いえ、こちらがついでです。交通課の方に用があったものですから」

「それはご苦労様です」

村川の声が刺々《とげとげ》しい。

高城の噂が嘘だったとわかったところで、高城が仕事に厳しいのが変わるわけではない。

「それでは失礼します」

高城が補佐官と一緒に部屋を出て行く。

「おい、諏訪内」

ドアが完全に閉まってから、村川が呼びかける。

「追いかけた方がいいんじゃねえのか」

「え、あの」

高城との関係が知られたような気がして、真二はドギマギする。

「出世の邪魔をしたんだ。謝るのは早い方がいいぞ」

「謝った方がいいですか？」

「今までは愛犬に似てたから、優しくしてもらってたかもしれねえけどな、さっきのあの態度見たろ？　あんな仕事人間が出世の邪魔されて、それでも同じ態度でいてくれっかね」

村川にそう言われて、真二は急に不安になってきた。

「俺、ちょっと行ってきます」

真二は慌てて高城の後を追いかける。

階段を駆け下りたところで、高城の背中が見えた。

「高城さん」

真二の声に高城が振り返る。

「まだ何か？」

隣には補佐官がいる。完全に仕事の顔をした高城が、仕事の言葉で応じるのは当然だ。

「あの、ちょっとお話が」

真二も補佐官を気にして言葉をぼかす。

高城は補佐官に顔を向けると、

「すぐに追いかけますので、先に戻っていてください」

「わかりました」

補佐官は頷いて歩き出す。

「で？」

補佐官の姿が見えなくなって、高城が再度、真二を促す。

「あの、すみませんでした」

真二は深く頭を下げた。

高城がクスッと笑う。

「お前のすみませんを聞くの、これで何度目だ？」

確かに、真二も高城には謝ってばかりいるような気がする。

「でもあの、出世の邪魔して」

「さっき言ったはずだ。今はもうそれほど執着はしていない」

高城はこんなことで嘘を吐く人ではない。現に、高城の表情には拘《こだわ》りの色は見られなかった。

「ところで、さっきのあれはなんだ？」

「あれって？」

「俺が犬を飼ってるからどうだとか」

やはり、高城は気になっていたらしい。あの場で問いたださなかったのは、それが真二に関係していることに気付いていたからだろう。

「それはその」

答えづらくて真二が言いよどむと、

「はっきり言え」

厳しい顔の高城に詰め寄られる。

「俺が村川さんちのハスキーに似てるらしいんです」

「それがどうした」

そんな説明では納得できないと、高城は険しい顔のままだ。

「だから、高城さんも俺には優しいんじゃないかって」

「馬鹿馬鹿しい。俺は仕事でお前を特別扱いしたことなんかないぞ」

「わかってます」

「それに、俺は犬とどうこうする趣味はないからな」

高城の首がうっすらと赤くなり、言葉のアクセントが微妙に変わる。高城が関西弁になるのは、興奮したときのような自分を装う余裕のないときだ。真二のことで高城が余裕をなくしてくれるのが嬉しくて、真二は笑顔になる。

「それもわかってます」

「ならいい」

高城はようやく納得して、

「それじゃ、俺は検察庁に戻る」

「あ、近くまで送ります」

「送られる距離じゃないだろう」

ここから検察庁までは、歩いても十五分と掛からない距離だ。しかも今は真昼で、高城の言い分は正しい。

「ダメですか？」

それでもまだ高城と一緒にいたくて、真二は肩を落として窺うように高城を見た。高城が呆れたように小さく溜息をつく。

「門を出たところまでだぞ」

「はい」

仕事で特別扱いはされていないが、それ以外では高城は真二を甘やかしている。と、真二はこんなとき思う。それを口にすれば、照れた高城が態度を変えてしまいそうで、いつも思うだけで言わないでいた。

「今日は何時で仕事が終わるんだ？」

並んで歩きながら、高城の方から尋ねてきた。

「何も事件が起こらなければ、六時に上がります」

「なら、その後、俺の家に来てくれ」

高城の部屋に入ったのは、おととい押しかけた、あのときが初めてだ。夢のような時間を過ごしたのは昨日のことで、その夢が覚めないうちに、今度は高城が招待してくれた。

「絶対に行きます」

勢い込んで真二は答える。

「部屋の模様替えをしたいんだ。お前がいれば重い家具を運ぶのが楽だからな」

「夜に模様替えですか？」

「ベッドの位置を変えたいんだ」

高城のアクセントがまた変わっている。

高城がベッドを置いて寝室にしている部屋は、隣の住人の寝室と隣り合わせ、声が筒抜けだと教えられていた。それでも今までは、その部屋にベッドを置いたままだった。それを急に変えることの意味を考えた真二は、

「仕事終わったら飛んでいきます。俺、なんでも運びますから」

さっき以上に勢い込んで言った。

「そんな期待すんな。運ぶだけやぞ」

高城の言葉が完全に関西弁に変わった。真二はまたその意味を考える。

「それって言葉通りの意味ですか？　それとも裏があって期待していいってこと」

最後まで言うことができなかった。

「アホか、ボケ。裏なんかあるかい」

真二の予想は高城の怒鳴り声に掻き消される。

「でも、察しが悪いって言われるから」

「何が悲しいて、そんな回りくどい誘い方せなあかんねん」

高城が独り言のように何かブツブツと言い出し、真二を相手にしてくれない。

門はすぐそこまで来ていて、歩きながらの会話はタイムリミットが近づいている。このまま高城が帰ってしまうのは寂しいと、真二が声を掛けようとしたときだった。

「おーい、真二」

真二を呼ぶ声がした。真二が声のした方に顔を向けると、通りの反対側にいた黒川が手を振っている。

黒川は車が途切れるのを待って、道路を横切り近づいてくる。

「なんでここに？」

「この間のひったくり、中署の管轄《かんかつ》でも事件を起こしてたんだよ。その裏付けに」

そこまで言って黒川は、真二の隣に高城がいることに気付く。高城も黒川の視線に気付き、軽く会釈《えしゃく》した。

「こちらは？」

黒川に尋ねられ、真二は間に立って、二人を紹介する。

「横浜地検の高城検事。こっちは港北署《こうほく》の黒川です」

「どうもはじめまして」

高城が軽く頭を下げる。

「どうもはじめ……」

黒川は釣られて頭を下げかけたが、何かに気付いたように高城を凝視する。

「まっすぐな人だ」

独り言のように黒川が言った。

「まっすぐな人？」

高城は聞き逃さず、黒川にその意味を尋ねる。

「あ、こっちの話です」

真二は焦って、黙れという意味を込めて、黒川の脇腹を肘《ひじ》で突いた。

「お前の言ってたこと、すぐわかったよ。マジ、まっすぐって感じする」

黒川が小声で囁《ささや》き、真二はそれよりもさらに小声で、

「だから、今、そういう話は」

高城に不審を抱かれないかと、真二は慌てて黒川の口を塞ぐ。

黒川にはもちろん、その後の経過など話していない。黒川の中では、真二は今も高城に片思いのままだ。

「わかったわかった」

真二の手を振りほどいた黒川は、任せろとばかりに胸を叩く。

「高城検事」

黒川が呼びかける。

「はい？」

「真二のこと、頼みますね」

黒川は満面の笑みでそう言うと、高城の返事を聞く前に、軽く頭を下げて二人の前から去っていった。

「今のはどういう意味だ？」

高城から質問が出るのは当然だった。

「何か思わせぶりなことを言われた気がするが」

「あの、あいつと飲んでたときに、俺の好きな人はまっすぐな人だって言ったんです」

「俺のことか？」

「はい」

高城は呆れたように溜息をつく。

「お前はやっぱり酒をやめた方がいい」

「すみません。今日から禁酒します」

「冗談だ」

高城がフッと笑う。

「俺から見れば、お前の方がよほどまっすぐだよ」

「俺がまっすぐですか？」

真二は思いがけない言葉に驚く。

「でも俺、猫背だし」

「そういえば、少し猫背気味かな」

「よく頭ぶつけるんで、そのうちこうなっちゃったんですよ」

だから高城のように、まっすぐに伸びた背筋には憧れがある。

「俺の言ってるのは姿勢のことじゃない」

高城がじっと真二を見つめ、真二も見つめ返す。

「お前のその目だ。最初に会ったときも今もそうだ。お前はいつも人の目をまっすぐに見ている」

人の目を見て話すようには教えられていた。けれど、高城に対しては、それ以上の気持ちがあった。真二はいつも高城に見とれていた。少しでも見逃したくなくて、だからいつも目を逸らせなかった。

「そっか。俺もまっすぐか」

意味はよくわからなかったが、褒められたようで真二は嬉しくなる。

「まっすぐ同士っていいですね」

「何がだ？」

「お互いまっすぐなら、隙間なくくっつける」

得意げな真二の言葉に高城が吹き出す。

「俺、なんかおかしいこと言いました？」

「いや」

高城は目に滲んだ涙を手で拭《ぬぐ》いながら、

「確かにそうだなと思っただけだ」

「でしょ？」

笑い合う二人の横を、制服の警察官が通り過ぎる。高城の表情が一瞬にして変わった。

「どうも調子が狂う」

「高城さん？」

「俺は公私のけじめは、きっちりとつけたいんだ」

ここが警察署の真ん前であることを思い出したのか、高城が厳しい声で言った。

真二は高城の仕事の邪魔をしてしまったのかと、しゅんとなる。

「だから」

たぶん、見るからに真二の様子が落ち込んでいたのだろう。高城が言葉を続けた。

「今日、待ってるから」

高城のアクセントが変わった。それは、高城からの無意識の甘い誘いだ。

「はい」

真二は力強く頷いて、それをしっかりと受け止めた。

あとがき

こんにちは、そして、はじめまして。いおかいつきと申します。

『好きこそ恋の絶対』を手にとっていただきありがとうございます。できれば、そのままレジの方に持って行っていただけると、さらにありがとうございますです。

今回の本は、私にとって、商業誌七冊目となりますが、実は、今までで一番、怖かった本です。というのも、何も書き出していない段階で、予告に名前が載ったのは初めてでした。もし出なかったからどうしよう、何を書いてもオーケーが出なかったらどうしようと、かなりドキドキしておりました。本当に出てよかった……。あとがきを書くのが苦手の私が、あとがきを書けてよかったとしみじみ思うくらいです。

さて、中身について、横浜が舞台です。先日、この話を書くにあたって、ではなく、ごく普通に観光で横浜に行ってきました。作中の二人と同じような観光コースを辿りながら、ここをバイクで走ったんだとか、ここを並んで歩いたとか、一人で妄想を膨らませ、にやついておりました。横浜に行かれる際には、是非、みなさんも一度、お試しを……しないですよね。すみません、冗談です。

この話には、過去に私がはまっていたものが、二つ、出てきます。バイクとボクシング。

今となっては懐かしき青春の思ひ出です。バイクの免許は無用のものとなり、最近のボクサーの名前は全くわからないという状態ですが、唯一の名残は私の名前。今までに一度も気付かれたことはありませんが、私のペンネームは、元世界チャンピオンの方から（勝手に）頂いたものです。写真集を買うほどに大ファンでした。それでつい、漢字四文字のお名前のうち、三文字を頂き、ひらがなにしたという、非常に安直な名前の付け方をしてしまいました。それがまさかここまで長く使う名前になるとは、当時は思ってもいませんでした。デビューすることができた非常に運のいい名前なので、今後も彼に感謝をしつつ、使っていきたいと思います。

話が逸れたので、今度こそ中身の話を。あとがきから読まれる方がまれにいらっしゃるので、ネタばれしない程度に……。強気受、さらに言うなら強い受が大好物の私ですが、その中でも最強の受が出てきます。今まで書いた中で一番強い受です。と書いてから思ったんですが、もしかしたら、ある意味、攻の方が最強かもしれません。実はこういうタイプが一番、強いような気がしてきました。その意味は、読んでいただければ、きっとわかるはずです、たぶん。

最強同士のカップルながら、非常にかわいらしい話になりました。誰がなんと言おうと、これはかわいい話なんですよ。このサワヤカかつカッコかわいいタイトルが物語ってます。威張って言ってますが、タイトルは担当様作です。だから、堂々と威張って言ってます。残念ながら、私にはタイトルセンスというものが欠けているらしく、担当様に溜息を吐かせること度々……。タイトルセンスがどこかに落ちていたら、是非、ご一報下さい。拾いに行きますので。

そして、久々の関西弁です。やっぱり楽だなあとしみじみ思いました。問題は、関西弁圏外の方にどれだけ通じるか。いつもこれは気にしてはいるんですが、どうでしょう？　関西出身のお笑いの方の喋り方などを頭に思い浮かべて読んでいただくと、雰囲気が増すかと思います。ただし、あくまでも喋り方のみに留めておいてください。せっかくのカッコイイイラストが台無しになりますから。

そのカッコイイ二人を描いてくださった、奈良千春様、本当に素敵なイラストをありがとうございました。超さわやかな表紙から、生唾ものの中表紙まで、全てにカッコイイ二人の姿に、ひしひしと幸せを噛みしめております。

面倒を見てくださった担当様、本当にありがとうございました。最後の最後で締め切りを間違えてしまい、その前にもタイトルでお手を煩わせ、ご迷惑のかけどおしでした。これに懲りずに今後とも何卒一つ、よろしくお願いします。

そして、最後にもう一度。この本を手にしてくださった方へ、最大の感謝を込めて、ありがとうございました。

ＨＰアドレス　http://www8.plala.or.jp/ko-ex/

二〇〇五年六月末日　いおかいつき

✦初出　好きこそ恋の絶対……………書き下ろし

いおかいつき先生、奈良千春先生へのお便り、本作品に関するご意見、ご感想などは
〒151-0051 東京都渋谷区千駄ヶ谷4-9-7
幻冬舎コミックス　ルチル文庫「好きこそ恋の絶対」係
メールでお寄せいただく場合は、comics@gentosha.co.jp まで。

幻冬舎ルチル文庫

好きこそ恋の絶対

2005年7月20日　第1刷発行

✦著者　いおかいつき

✦発行人　伊藤嘉彦

✦発行元　株式会社 幻冬舎コミックス
〒151-0051 東京都渋谷区千駄ヶ谷4-9-7
電話 03(5411)6431[編集]

✦発売元　株式会社 幻冬舎
〒151-0051 東京都渋谷区千駄ヶ谷4-9-7
電話 03(5411)6222[営業]
振替 00120-8-767643

✦印刷・製本所　中央精版印刷株式会社

✦検印廃止

ISBN4-344-80604-2　C0193　Printed in Japan

幻冬舎ルチル文庫

大好評発売中

彼のあまい水

神奈木 智

イラスト▼奥田七緒

高3の百合沢史希は浮かれていた。久住迅人という7歳年上の恋人ができたからだ。パティシエである久住の店に学校帰りに寄り、ラブラブな時間を過ごす二人。そんなある日、史希は久住を押し倒したが、問題発覚。史希も久住も「攻め」だったのだ。結局うまくいかなかった二人のもとに、それぞれの元カレが現われ、事態は悪化、史希と久住の恋はどうなる!?

◎540円（本体価格514円）

8年目の約束

うえだ真由

イラスト▼紺野キタ

中澤千波には忘れられない人がいる。親友の榊晴一に告白され一度だけ身体を重ねた高3の夏。幸せだったその日に起きた事件をきっかけに、千波は晴一との約束を破ってしまう。晴一との連絡が途絶えて8年、千波は晴一のことを想い続けていた。そんなある日、千波の勤める小学校に晴一が現れる。晴一と過ごすたび、千波の恋心は強くなり……。

◎560円（本体価格533円）

発行●幻冬舎コミックス　発売●幻冬舎